我亲历的"新中国第一"

孟　扬——主编

唐中科　曹怡晴——编

人民日报出版社

北　京

图书在版编目（CIP）数据

我亲历的"新中国第一" / 孟扬主编 . -- 北京 ：
人民日报出版社， 2024.4
ISBN 978-7-5115-8236-2

Ⅰ．①我… Ⅱ．①孟… Ⅲ．①新闻报道－作品集－中国
－当代 Ⅳ．① I253

中国国家版本馆 CIP 数据核字（2024）第 058647 号

书　　名：**我亲历的"新中国第一"**
　　　　　WOQINLIDE"XINZHONGGUODIYI"
作　　者：孟　扬

出 版 人：刘华新
策 划 人：欧阳锋
责任编辑：曹　腾　杨　校
内文排版：金　刚

出版发行：人民日报出版社
社　　址：北京金台西路2号
邮政编码：100733
发行热线：（010）65369527　　65369846　　65369509　　65369512
邮购热线：（010）65369530　　65363527
编辑热线：（010）65369523
网　　址：www.peopledailypress.com
经　　销：新华书店
印　　刷：北京盛通印刷股份有限公司

开　　本：710mm×1000mm　　1/16
字　　数：226千字
印　　张：15.25
版次印次：2025年3月第 1 版　　2025年3月第 1 次印刷

书　　号：978-7-5115-8236-2
定　　价：69.00元

如有印装质量问题，请与本社调换，电话（010）65369463

前　言

一个个"第一"的出现，意味着一次又一次创造着奇迹。

在新中国波澜壮阔的发展历程中，有许多令经历者备感豪迈、令听闻者激情燃烧的传奇故事。它们如水滴般可以折射出太阳的光辉，如浪涛般可以展示出大海的宽广与雄浑。一个个"第一"、一次次创造，汇聚成新中国发展的动力和前行的能量。

本书所辑文本皆为真实记录，讲述了新中国在政治、经济、科技、文化、教育、卫生等多个领域所取得的举世瞩目的成就。大江南北，长城内外，到处都有奋斗者的身影，到处都有开拓者的足迹。书中所讲述的那些难忘的时刻、那些感人至深的瞬间，展示着中华民族的勤劳与智慧，凝聚着家国情怀。书中所记录的故事，彰显着中华儿女的品格与气质，诠释着时代精神。这一段段文字，不仅是深切记忆、惊世传奇、光荣梦想，还承载着嘱托与激励，提醒着一代代的中国人，赓续传承、不忘初心，担负起实现中华民族伟大复兴的使命。这一桩桩故事，就像一个个脚印，标注着中国共产党带领中国人民所走过的从站起来到富起来、强起来的光荣历程，是党史和新中国史的生动解读。

为强化现场感，彰显真实性，本书在写法上采用亲历者讲述的方式，力图将个人记忆与公共记忆联系在一起，让历史时刻鲜活而立体地"重现"。这些讲述人或许只是普通的建设者、参与者，但他们不仅见证了奇迹、体验了发展，也可以启发关于家国情怀、人生价值的思考。同时，通过"个人记忆"感受"国家记忆"，拉近了"故事"与生活的距离，提供了新的观察视角，丰富了阅读者对

I

这些"大事件"的认知。文中所附的背景资料、知识链接等，通过梳理"第一"的延续、发展与传承状况，亦可以在告知史实的基础上，深化对中国精神、中国力量和中国道路的理解。

特别要提及的是，随着时光流逝，当年风华正茂的建设者不少已至耄耋之年，许多"现场记忆"正在变得模糊。这虽然给我们的采编带来了不少困难，但同时也让本书的记录具有了重要的历史价值。此外，经我们多方寻觅得以展示的一些影像资料，同样弥足珍贵。

在新中国众多的发展成就中，找到一个个具有重要意义的"点"，并以"点"带"面"地勾勒出发展奋斗的历程，并非易事。为了使写作意图得到更加鲜明的呈现，我们将"第一"作为贯穿全书的主线和标识内容的关键词。如何确定"第一"？我们采用的衡量标准主要有"三重"：其一，参阅中共中央党史研究室编写的《中国共产党历史大事记》《党的十八大以来大事记》和中共中央党史和文献研究院编写的《改革开放四十年大事记》等书籍史料；其二，翻阅了从1949年10月1日以来的全部《人民日报》，以相关报道作为选题佐证；其三，同"伟大的变革——庆祝改革开放40周年大型展览""伟大历程　辉煌成就——庆祝中华人民共和国成立70周年大型成就展"等所展示的相关内容进行比对。除亲历者讲述外，我们还访问了一些知情者和国史研究者，深化对报道题材的认识。

在本书的编辑过程中，突如其来的新冠疫情曾一度带来意想不到的困扰与阻碍。在这一段时间，稿件的核实、修正工作不得不一次次被延迟，编辑流程难以正常进行。然而，举国上下众志成城战胜疫情的壮举，再一次体现出中国的担当与力量，这让本书所呈现的主题更加厚重。

记录时代足迹讲述中国故事，对于我们而言，是一种责任，更是一种荣耀。这本书，表达着我们对祖国的拳拳赤子之情，表达着我们对新中国建设者的深深敬意。

孟扬

2024年7月1日

目 录

《人民日报》假日生活版"新中国的第一·70年"栏目对南极科考站长城站的报道 资料图片

01

第一座南极科考站

1985年2月20日，当地时间10时整（北京时间22时），我国第一座南极科考站——长城站，举行落成典礼。

长城站位于南极洲乔治王岛的菲尔德斯半岛南部地区。它的建成意味着中国成为能够开展完整南极活动的国家。而首次南极考察编队在长城站建站过程中所展现的精神风貌，至今仍鼓舞着一代又一代的科考队员。

作为我国首个南极考察站，长城站自建站以来经过多次扩建，现已初具规模，目前仍然是我国重要的南极考察站之一。长城站具有重要的科研价值，是科学考察的理想场所。其地理位置处于亚南极地区，生物多样性相对丰富，因此，在长城站进行生态研究和监测具有得天独厚的优势。

南极，我们来了

颜其德，首次南极越冬考察队队长

1984年11月20日，中国首次南极考察编队从上海起航，"向阳红10"号科学考察船、"J121"号打捞救生船出征。首次考察队的首要目标，就是在南极洲建立我国第一个科学考察站，对南极洲和南大洋开展科学考察。

在冰天雪地的南极建科考站，第一个难关是抢建卸货码头。

彼时我国国力有限，大船无法靠岸，只能靠小艇把几百吨的建站物资运到岸边，再转运到站。因此，必须在岸边抢建一座供小艇停靠和汽车吊运物资的码头。由于时间紧、任务重，考察队指挥部决定组建一支20人的码头突击队，3天内完成任务。

12月的南极乔治王岛，气候恶劣多变，冰天雪地，寒风凛冽，队员们纵身跳入冰冷刺骨的海水中开工建设。颜其德回忆，岸上设立了临时帐篷，准备了老酒、姜汤、棉大衣和热水袋等应急御寒物资。突击队员10分钟两班倒，在海水中施工的10个人冻得顶不住了，就上岸进帐篷暖和一下，另外10个人马上跳下水接替，一秒钟也不耽搁。

"有位海军战士，在水中被钢钎子划破了手，鲜血直流。我叫他回船休息，但他只是去帐篷里简单地包扎了一下，下一班就又跳下水接着干。"颜其德说，经过突击队员们72小时的连续轮番作业，一座长约26米、宽约6米、深约3米的简易码头基本建成，为紧接着的卸货重任赢得了先机。

第二个难关是抢运建站物资。

颜其德回忆，一位外国南极考察队员曾说："如果能够把90%的建站物资成功运送到工地，那建站就成功了90%。"卸货期间，暴风雪肆虐，能见度极差，装载人员和货物的小艇离开母船后，常常找不到方向，最后都依靠母船的探照灯和高音喇叭呼叫，才得以安全航行。

"一次，队员们正在简易餐厅吃饭，突然遇到大风大潮，码头瞬间被推翻了。有人大叫一声'码头被海浪掀翻了！'这一声就是命令，所有人把饭碗一甩，冲向码头，硬是用自己的身躯组成人墙把汹涌的海浪挡住，避免码头被冲垮、物资流失。"颜其德说，"强行卸货的日日夜夜，我担任码头卸货指挥。由于风雪交加，寒风刺骨，我牙龈发炎，脸唇红肿，声音嘶哑，就用一红一白两面小旗绑在竹竿上坚持指挥，直到任务完成。"

建站是首次队的中心任务。施工条件差、工期时间短、生活困难，是建站的明显特点。在冰雪荒原上搭起的帐篷，经不住肆虐的风暴袭击，摇摇晃晃，不时被吹翻或被雨雪压塌，队员们从酣睡中被惊醒后，不得不起来重新支帐篷。帐篷内没有取暖设备，就是一个摆在冰雪荒原上的充气垫和睡袋，既寒冷又潮湿，第二天醒来，睡袋上一层雪，充气垫下一摊水，雪是帐篷密封不严刮进来的，水是人的热气融化冰雪造成的。

"没有饭厅，大家就在帐篷外吃饭。饭一盛出来，两三口还没吃完，就被冻成了冰块。洗漱全部在冰冷的湖水里，不少人的脸、耳朵冻肿了，嘴唇裂了口，但没有一个人叫一声苦。"颜其德说，"气象班每天都在报告气象情况，只要天气稍一好转，考察队队长郭琨脸上也'阴转晴'，立马招呼大家干活。"

"当时流传着一句乐观而风趣的话：建站是什么都不缺，就缺睡觉和回头叫（觉）。"颜其德说，由于建站期间的超强负荷，队员们体力透支，都十分劳累，一钻进帐篷倒头就睡。为了抓进度，每天只有4个小时睡觉时间。凌晨4点，郭琨便要挨个帐篷叫醒，可队员们仍不自觉地要"回头觉"一小会儿，而无奈的郭队还得"回头叫"一次！

"都说男儿有泪不轻弹。我却'弹'了两次。"

颜其德第一次落泪是在1985年2月20日长城站落成典礼的晚宴上，全体考察队员在万里之遥与祖国人民共度新春。本来大年初一是开心的日子，可建站队的54人却痛哭一场。颜其德说："因为我们觉得终于没有辜负祖国人民的信任，一下子释放了内心的巨大压力，就想在亲人面前痛哭一场。""我已记不清有多少队友走过来与我碰杯、拥抱、握手、祝福。就在晚宴上，上级正式宣布了组建中国首次南极越冬考察队，任命我为考察队队长。"

颜其德第二次落泪发生在首次越冬考察期间。

刚刚建成的长城站，已具备了越冬考察的基本生活条件和科学考察条件。经批准，长城站由原计划的夏季站上升为常年站。8名越冬队员在队长颜其德领导下，首次在长城站越冬。当年建站当年越冬，这在南极考察史上是少有的。这期间，他们经历了难以想象的艰辛、孤寂和危险。就在7月15日至22日，他们遭遇了一次严重的暴风雪袭击。此次暴风雪刮坏了抗风能力为60米/秒的风速风向仪，吹塌了钢架棉帐篷，掩埋了发电机房，冻坏了上下水管道，房门也被牢牢冻住，整个考察站的房屋在剧烈颤抖。几名队员就在远离祖国和亲人的南极极夜环境里互相鼓励，死死坚守，"我在站在！"当暴风雪终于过去，他们辗转收到了祖国亲人的慰问电，那一瞬间，大家痛哭一场，百感交集。

"长城站是我们首次全体科考队员、船员和海军官兵用汗水、泪水甚至鲜血建成的第一座南极丰碑。有了长城站这个基地后，中国开始逐步加深对南极的了解，培养极地人才，赢得南极事务的权益，为人类和平利用南极做出应有的贡献。"颜其德说。

（刘诗瑶采访整理）

参观贴士 ≫≫≫≫≫≫≫≫≫≫≫≫≫≫≫≫≫≫≫≫≫≫≫

如今抵达南极的中国游客越来越多。但南极生态极其脆弱，甚至一粒外来种子都可能给南极带来颠覆性破坏。国际南极旅游组织行业协会制定和推行了南极旅游行业的环保标准。据游客回忆，登陆南极时，下船前船方会对游客不断重申环保要求。例如，游客必须穿船方提供的高筒靴，并将靴子在消毒水池浸泡后才能上岛；船方会认真检查游客衣服，用吸尘器将可能携带的种子或者碎屑物品吸干净，确保其不会遗落在南极；游客观赏企鹅时，必须与企鹅保持 5 米以上的距离。

专家建议，游客言行代表国家形象，望大家能在出发前多做"功课"，不虚此行。

中国北极黄河站落成典礼。中国极地研究中心提供

02

第一座北极科考站

　　中国北极黄河站，位于挪威斯匹次卑尔根群岛的新奥尔松，是中国建立的首个北极科考站，落成于2004年7月28日。黄河站是我国继南极长城站、中山站两站后的第三座极地科考站。中国也因此成为第八个在斯匹次卑尔根群岛新奥尔松建立科考站的国家。

　　黄河站的建立，为我国在北极地区开创了一个永久性的观测研究平台，为解开日地相互作用、北极气候环境变化及其与全球变化的关系等众多课题提供了一个窗口。

黄河站见证中国贡献

杨惠根，时任自然资源部中国极地研究中心主任、黄河站首任站长

北极和南极有很大不同。北极的主体是北冰洋，也有一些岛屿，但所有岛屿都有主权归属。中国的北极科考也是以北冰洋考察为主，主要是以船基为依托的海洋调查。但是，为完整认识北极气候和环境变化，只做北冰洋考察是不够的，还需开展北极地质、冰川、冻土、陆地生态调查，以及以陆基支撑的大气科学、空间科学等学科的观测研究。

黄河站为什么选址挪威新奥尔松？杨惠根介绍，首先，中国是《斯匹次卑尔根群岛条约》的缔约国，拥有在斯匹次卑尔根群岛开展包括科学考察等活动的条约权利，这是我国在该地区建立科学考察站的法律依据。挪威政府制定政策将新奥尔松作为一个绿色科考站来开发，使当地拥有不受污染与干扰的原生自然环境和便捷的交通、通信条件，提供完善、专业的后勤保障，便于广泛的国际合作，这些都为我国在此建站打下了良好的基础。

黄河站建设本身相对容易，对一栋租赁的建筑按照科考站功能改造，安装观测设备和建设分析实验室。

黄河站是一座二层小楼，包括实验室、办公室、阅览休息室、宿舍、储藏室等。在小楼的顶部有五个小"阁楼"，是北极科学考察中重要的设施——极光光学观测平台。每年春天到秋天，不同学科的科考队员根据任务需要轮流上站开展考察；当极夜来临，黄河站上会有1至2名极光观测队员上站考察；其他时间，站上没有考察队员，但有设备自动观测。

北极黄河站是一座综合科考站，开展的主要科考项目包括高空大气物理观测、气象观测站建立、GPS卫星跟踪站建立、地球生态环境演变考察、近岸海洋环境监测、冰川长期监测的可行性调查和大气化学采样等。

"建站的最大难题在于，中国作为后来者，如何建立和拥有自己特色的研究项目，而不是重复其他北极考察站的项目，对北极研究作出中国独特的贡献。"杨惠根说。

"当时我们已经建了南极中山站。中山站和黄河站的磁纬都在75度左右，基本上处在地球同一根磁力线的南北两端。因此，中国科学家能在南、北两极对极光进行共轭研究。"杨惠根说，黄河站将日地相互作用作为主要研究内容，找到了"中国特色"。

黄河站也是一个开展国际合作和交流的平台。"北极研究不可能靠任何一个国家单独完成。黄河站建立后，中国科学家有了自己在北极地区开展长期观测的立足点，并通过与其他国家科考站共用相关设施，建立起新的合作模式。例如，中国科考队对王湾地区两条冰川的监测，通过与挪威的数据交换，获得了更长时间序列的观测数据。美国、挪威等国在新奥尔松地区开展的火箭探测实验，其极光数据由黄河站的多波段全天空成像观测提供。"杨惠根说。

杨惠根还讲述了一些黄河站的故事和趣事。"我印象最深的，是在黄河站成立仪式过后下的一场大雨，雨水融化了冰川、冲刷了陆地，王湾本来是蓝色的海湾，却因为这场大雨变成了一条'黄河'。"杨惠根说。

黄河站以及周边科考站，有一个约定俗成的规矩，就是不能锁门，且门全部是朝外开的。"当地有北极熊出没，这些是防熊的措施。一旦熊来，任何人随时都能迅速跑进楼里避难，北极熊只会推门，不会拉门，所以门要朝外开。"杨惠根说。

2019年，黄河站建站15周年。经过中国科学家十几年的努力，黄河站已经成为一座具有世界影响的北极考察站，担负起了这一地区日地相互作用观测的国际责任，取得了一系列具有重要价值的科学成果。"近两年，我国进一步加强了北极地区的研究，在黄河站实施了北极环境变化业务化观测，这种连续的、长期的观测，将对全球北极监测做出新的中国贡献。"杨惠根说。

（刘诗瑶采访整理）

参观贴士 ≫≫≫≫≫≫≫≫≫≫≫≫≫≫≫≫≫≫≫≫≫≫≫≫≫

位于上海的中国极地研究中心金桥院内的极地科普馆，是全国科普教育基地。在这里可以回顾我国极地考察的艰辛历史和巨大发展，领略极地的神秘静美。科普馆同时收藏展示了一批珍贵的实物藏品和模型，如极地考察的工具用品（如雪地车、考察服、采雪器）、极地标本样本（如南极陨石、冰川水、企鹅、海豹、风蚀石）等，这些藏品能让观众对极地科考有更直接的感受。极地科普馆已对社会免费开放，参观前需在中国极地研究中心官网预约。

03

蛟龙号载人潜水器

在"伟大的变革——庆祝改革开放40周年大型展览"上，蛟龙号、海龙号、深海一号等深海装备模型广受关注。

2010年8月27日，《人民日报》头版刊发消息，宣布我国第一台自行设计、自主集成研制的蛟龙号载人潜水器3000米级海上试验取得成功。

2009年至2012年，蛟龙号接连取得1000米级、3000米级、5000米级和7000米级海试成功。成功完成7000米级海试，说明蛟龙号载人潜水器集成技术的成熟。

2013年起，蛟龙号正式进入试验性应用阶段。

2017年，当地时间6月13日，蛟龙号顺利完成了大洋38航次第三航段最后一潜，试验性应用航次全部下潜任务圆满完成。

当前，蛟龙号最大下潜深度7062米，工作范围可覆盖全球99.8%的海洋区域，标志着我国载人深潜科考已走在世界前列。

潜入深海舞蛟龙

李向阳，时任蛟龙号试验性应用航次现场副总指挥

　　20世纪末，随着中国大洋协会在国际海底调查研究工作的深入，国家对载人深潜器应用需求日益迫切。2002年6月，科技部正式批准设立国家"十五"863计划"7000米载人潜水器"重大专项。中国大洋协会作为业主，具体负责项目的组织实施。中国船舶重工集团公司第702研究所以及中国科学院沈阳自动化研究所、声学所等国内深海装备研发优势单位，成为项目研制的骨干力量。

　　蛟龙号选择7000米作为设计深度，本身就是对科学和工程极限的挑战。彼时，国外载人潜水器的最大下潜深度是6500米，每一米深度的增加都意味着技术难度的上升。

　　任何科学试验都有风险，蛟龙号海试也不例外。"我印象最深的，是有一次蛟龙号差点回不来了。"李向阳回忆，在一次海试任务中，按照正常流程，蛟龙号完成了下潜任务，准备被回收到母船上。然而当天暴雨如注，能见度很低。队员反复寻找，都没能确定蛟龙号在海面的位置。时间一分一秒地过去。每晚一刻，蛟龙号和其中的潜航员就多一分危险。全船立刻紧急行动，全力以赴利用望远镜、高清摄像机等设备搜寻蛟龙号。终于，人们发现了远处一个熟悉的白色身影，迅速开船过去回收。

事情已经过去多年，但说起这一幕，李向阳的语气里仍然充满了紧张。此后，蛟龙号增加了定位传感器，方便母船定位，进一步确保下潜任务的安全和顺利。

从2002年蛟龙号立项开始，李向阳就参与其中。"一开始，所有项目成员都承受着巨大的压力。一些人并不看好深潜事业，觉得下潜7000米难度太大。"但他和同伴们没有被这些声音击倒。多年来，有人加入，有人离开，蛟龙号项目留下来的都是"铁杆粉丝"！

蛟龙号总师徐芑南让李向阳念念不忘。2009年蛟龙号第一次海试，年逾七旬的徐芑南还是坚持上船坐镇指挥。他拖着装满药品、氧气机、血压计等物品的拉杆箱，和科研团队坚守在一起。他在水面的指挥调度清晰沉稳，成为试验成功的重要保障。"徐总师的精神令人动容，鼓舞着一代又一代深潜人。"

（刘诗瑶采访整理）

知 ━━━━━ 识 ━━━━━ 链 ━━━━━ 接

从"三龙"探海到海洋强国建设

在我国的潜水器家族中，潜龙号、海龙号、蛟龙号"三龙"优势互补，可点线面结合对作业区进行勘察。

无人无缆的潜龙号优势在于开展区域地形测量、拍照、摄像等作业。

　　无人有缆的海龙号由水面船供电和操控，比较适合在海底长时间、小范围作业。

　　蛟龙号能够定点悬停作业，科学家可以亲临海底，直接观测、直接测绘、直接取样，对海底某个点进行"解剖麻雀"式精细化研究。

　　未来，伴随我国海洋事业进一步发展，我国有望形成国家级的深海装备品牌和专业化队伍，以有效支撑海洋强国建设。

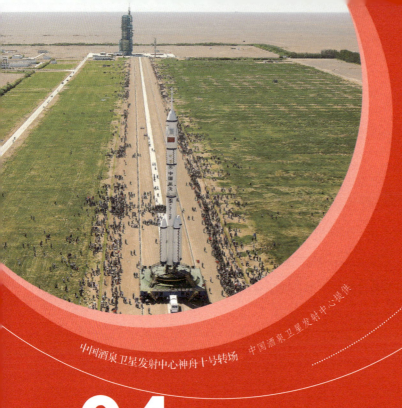

中国酒泉卫星发射中心神舟十号转场　中国酒泉卫星发射中心提供

04

第一个综合性航天发射中心

　　中国酒泉卫星发射中心又称"东风航天城"，组建于1958年10月20日，是中国组建最早、规模最大的综合性航天发射中心，同时也是中国唯一的载人航天发射场，是中国科学卫星、技术试验卫星和运载火箭的发射试验中心之一，主要承担载人航天发射、应急搜救、卫星发射和各种火箭试验任务。

　　20世纪50年代，面对西方的封锁制裁和战略威胁，党中央毅然作出了发展我国尖端国防科技事业的伟大决策。1958年3月，经党中央、毛主席批准，在巴丹吉林沙漠边缘弱水河畔开始建设我国第一个导弹武器试验靶场。随着中央军委一声令下，十万工程兵部队和刚从朝鲜战场回国的志愿军第二十兵团的将士们征尘未洗，转道西行，挺进大漠，拉开了靶场建设序幕。

　　"天上无飞鸟，地上不长草，四处无人烟，风吹石头跑"，是戈壁滩的真实写照。面对极其恶劣的自然环境和十分困难的保障条件，建设者们战严寒、斗酷暑，顶风冒沙，挖地窝、住干打垒，用沙枣、骆驼刺解渴充饥。两年六个月后，我国第一个导弹武器综合试验靶场奇迹般地在昔日荒凉的戈壁大漠中矗立起来。

酒泉卫星发射中心发射场建设初期，抢铺铁路。中国酒泉卫星发射中心提供

火箭从这里腾飞

王喜乐，抗美援朝回国后参加我国首个导弹武器靶场建设，

当时担任火车司机，负责拉运发射场建设所需物资

建设发射场，首先就要修路。

当时戈壁滩啥路都没有，铁路铺起来后才能运输建设物资。1958年4月，酒泉清水镇铺设铁轨是靶场第一个动工项目。每根枕木约70公斤，得把它举起来放到肩上扛着跑，大家的工作强度很大。为了抢进度，我们举行了几个大会战。会战的时候，各单位各部队比赛，看哪支部队的修建任务完成得又快又好，又好又省。到1959年3月，铁路通车，大规模建设开始。

那时，酒泉卫星发射中心核心生活区，没有一栋楼一间屋，部队全部住帐篷。戈壁风沙大，一刮起风来整个生活区就像黑天一样，甚至连帐篷、洗脸盆什么的也被刮得到处乱飞。战士们晚上回来，先把帐篷找回来，再整理内务后过夜。

大风甚至能让火车翻车。1962年，我开着火车到一个风口，风刮来的沙子很快就把铁轨埋上了。火车压到沙上，加之这个风口正好曲线半径大，火车就脱线翻车了。吸取教训后，我们每次经过这个地段，司机就得把头伸到外面看着钢轨。

每过一趟车，我们这半边脸都木了——被沙子打的。

建设飞机场，即现在的鼎新机场，在当时属于亚洲最大的飞机场之一。那时，一天我们就得动用24台机车往机场运送沙石水泥。当时最怕刮风，一遇刮风，卸下的水泥就被吹走。

戈壁滩上水贵如油。战士们早上起来，每一个人就发一盆水，是一天的供给。早晨起来洗洗脸，不能把水倒掉；中午施工回来，还得洗脸，这个水也不能倒；直到晚上还需要用这水洗脸洗脚。由于没水洗衣服，每个战士身上的衣服，汗碱都渗出来，白白的。一套军装，用手搓一搓都有声音。由于当地没有井，也没有力量打深水井，水只能靠火车拉。战士们把水看得比油都贵重。

1960年，我们要发射自己的导弹。我们从吉林省内的化工厂拉来液氧作为推进剂，装车50吨，一路挥发，到酒泉就剩二三十吨了。苏联专家却说我们的液氧有杂质，不合格，会爆炸，要买他们的。我们的火车专列就在东北一个中苏边境小站等了3个月，最后人家又不卖给咱们了。我们往回走的时候，当时带队的领导叫杜荣明，他说戈壁滩没有土，菜都种不出来，反正是空车，就干脆拉了一车东北的黑土回来，种菜种树。

其实我们的液氧是合格的。后来我们就决定用自己的液氧，国内几个化工厂都给我们生产。苏联专家撤走了以后，我们就用自己的液氧打成了第一发导弹，大家都非常高兴。

那个年代条件很艰苦，大家却不觉得苦，都很有干劲。我们明白，国家还是得有自己的技术。人家有，你没有，就得挨打，就得牺牲。朝鲜战场上是比拼炮弹，现在是比拼导弹，人家有你没有，这不行。那时大家都是以工作为重，以国家的大业为重，我们就是宁肯舍我们的这个小家，去顾这个大家，顾这个国家。

（余建斌、孔祥鹏、杨桂锦采访整理）

知●━━━━●识●━━━●链●━━━━━●接

我国四大航天发射场 ///

　　酒泉卫星发射中心：组建于1958年，是我国组建最早的航天发射中心，主要承担近地轨道和太阳同步轨道航天器发射任务，拥有我国目前唯一的载人航天发射场。

　　太原卫星发射中心：始建于1967年，主要承担太阳同步轨道卫星、极轨卫星等中、低轨道卫星发射任务。

　　西昌卫星发射中心：始建于1970年，主要承担地球同步轨道卫星、月球探测卫星等中高轨和深空探测航天器发射任务，是我国目前执行发射任务最多的航天发射中心，也是"北斗"卫星、"嫦娥"探测器的唯一"母港"。

　　文昌航天发射场：始建于2009年，主要承担地球同步轨道卫星、大质量极轨卫星、大吨位空间站和深空探测航天器发射任务。

参观贴士 >>>>>>>>>>>>>>>>>>>>>>>>>>>>>>>>>

酒泉卫星发射中心内一景：银河之光。
中国酒泉卫星发射中心提供

2017 年 3 月 28 日，酒泉卫星发射中心被原国家旅游局、中国科学院推选为"首批中国十大科技旅游基地"之一，2018 年 1 月 27 日，入选中国工业遗产保护名录第一批名单。

酒泉卫星发射中心对外开放参观的场所主要有发射中心历史展览馆、载人航天发射场、"东方红"卫星发射场、"两弹"结合试验旧址、东风革命烈士陵园、问天阁和东风自然公园。酒泉卫星发射中心历史展览馆以科研试验和重大历史事件为线索，集中展示酒泉卫星发射中心的发展历程和建设成就，使观众亲身感受中国航天事业飞速发展的铿锵步伐。载人航天发射场有气势恢宏的飞船发射塔架和火箭垂直总装测试厂房，可以近距离感受我国航天尖端科技的辉煌成就。"东方红"卫星发射场和"两弹"结合试验旧址见证了我国国防科技事业和航天事业艰难起步和发展壮大的历程。问天阁是航天员出征太空前生活、工作、训练的地方。东风自然公园里有风暴火箭、飞船逃逸塔等实物，有航天员纪念林，还可以欣赏到胡杨林和弱水流沙等壮观美丽的大漠景色。

团队参观需要提前预约。

北京卫星制造厂科技园中"东方红一号"景观墙。北京卫星制造厂有限公司提供

05

第一颗人造地球卫星

　　1957年10月，苏联将一颗名为"斯普特尼克一号"的人造地球卫星送入太空，宣告了人类航天时代的来临。紧随其后，1958年1月，美国成功将一颗名为"探险者一号"的卫星送入地球预定轨道。

　　我国一批著名的科学家纷纷建议，应该尽早开展发射卫星的规划。20世纪50年代初，著名科学家钱学森、赵九章等积极倡导开展中国空间技术的研究工作。

　　1958年5月17日，在党的八大二次会议上，毛泽东主席提出了"我们也要搞人造卫星"的宏伟设想，中国空间事业开始迈出第一步。

　　当时的中国一穷二白，科学技术和工业基础十分落后，别说生产航天器，就连生产汽车都刚刚起步。就在这样没有资料、缺乏设备等异常艰苦的条件下，广大航天科技人员发扬自力更生、艰苦奋斗的精神，在全国各条战线的大力协作下，于1970年4月24日将中国第一颗人造地球卫星"东方红一号"送入太空。

"东方红一号"开创了中国航天事业的新纪元，使中国成为世界上第五个自行研制和发射人造卫星的国家，也掀开了中国向浩瀚宇宙进军的璀璨篇章。

以"东方红一号"为代表的人造卫星也与核弹、导弹一起，被称为"两弹一星"，成为中华民族科技强国战略的重要标志，载入了中华民族伟大复兴的史册。

"东方红一号"卫星。北京卫星制造厂有限公司提供

迈出空间事业第一步

戚发轫，中国航天科技集团有限公司第五研究院技术顾问，

中国工程院院士，国际宇航科学院院士，"东方红一号"卫星技术负责人之一

随着卫星设计方案的不断修改，"东方红一号"卫星的重量已经从起初的150公斤，增加到173公斤。要把这么重的卫星送入太空，难度可想而知。不仅如此，"东方红一号"卫星还必须达到国家提出的4项技术要求，即"上得去、抓得住、听得到、看得见"。

当时，国外严密封锁，研制人员不要说完整的资料，就是卫星样品也没看到过，基本的研制条件更不具备。

拿实现"听得到"来说，太空奏响《东方红》乐曲在当时的技术条件下，有很大难度。考虑到地面的元器件没有经过上天考验，研制人员采用一台发射机交替播送《东方红》乐曲和发送卫星各种工程遥测参数的方法，以高稳定度的6个音源振荡器代替"音键"，用程控线路产生的节拍来控制发音。为了保证乐音嘹亮悦耳，研制人员专门跑到北京火车站聆听钟楼的报时声，又跑遍了北京大大小小的乐器店，最后决定把北京火车站钟声的节奏和铝板琴的琴声合二为一。经过上百次试验，终于确保"东方红一号"奏出了《东方红》。

我们在地面上无法直接听到"东方红一号"卫星播放的乐曲，需要通过"东方红一号"卫星的天线发送、地面站的接收，再由电台转播。

"东方红一号"上的4根短波天线是用来发送《东方红》乐曲信号的关键设备。卫星入轨后，拉杆式的短波天线必须展开，才能确保《东方红》乐曲信号被地面站接收到。

要确保天线在太空高速旋转状态下顺利展开，对于当时的研制团队是一项艰巨的挑战，因为当时没有计算机来做仿真模拟，只能完全依靠地面试验。试验需要设备、场地，设备是研制人员自己动手研制生产的。场地方面，为了应对"天线一甩断了就跑出去了"的试验危险，研制人员找到一处有许多包装箱的仓库，大家躲进包装箱里从包装箱的盖子缝里观察试验，年轻人就爬到房梁上去看。在第一次地面试验中，最后一节天线甩了出去，试验没有成功。在完善了设备，改进了天线结构后，又做了多次试验，但还是没有成功。

试验经历了多次失败，大家并没有气馁，在技术负责人孙家栋的带领下，研制团队对天线结构作了重新设计和改进，按新的设计生产出来的天线，在多次模拟卫星自旋时的开释放试验中，获得了成功，终于达到了设计要求。

在缺乏加工设备的当时，对精度要求较高的卫星组件都需要手工打造。研制人员在给"东方红一号"卫星的铝合金外壳蒙皮表面进行光亮阳极氧化处理时，正值寒冬，由于当时的厂房内不具备生产条件，大家便在冰天雪地里搭起一个木棚，在里面挖了两个大坑，上面支起三个大铅槽，槽中放入硝酸溶液，下面用木柴烧。为了防止风沙弄脏电解液，他们就在木棚上盖上几片石棉瓦。没有防毒口罩，他们就用湿毛巾捂住鼻子做试验，实在憋不住了，就跑到棚子外面吸几口新鲜空气再跑回棚里继续干。经过两个多月的苦战，终于攻克了难关，使蒙皮表面的辐射率和吸收率达到了规定的技术要求。

"有条件要上，没条件也要上""不仅要干出来，更要干好，确保成功"是当时研制"东方红一号"卫星的真实写照。通过坚持自力更生、艰苦奋斗，我们攻克了一个个不可能，终于在1970年4月24日，将"东方红一号"卫星成功送上太空。"东方红一号"卫星不仅顺利通过了太空极端环境的考验，更圆满完成了国家提出的4项技术要求。与此同时，由于"东方红一号"重量超过了前4个国家第一颗卫星的重量总和，中国卫星更创造了人类航天史上新的纪录。

（余建斌、郭兆炜、时小丹采访整理）

知 ━━━━━ 识 ━━━━━ 链 ━━━━━ 接

我国空间事业四部曲

我国空间事业，大致可以分为四个阶段。

1968年到1977年的起步阶段，推动我国空间技术在探索中实现了初步突破，相继将"东方红一号"卫星、"实践一号"卫星等送上太空，拉开了宇航各领域筑基的序幕。

1977年到1986年的耕耘阶段，推动我国空间技术实现了从试验到实用的转变，研制的"东方红二号"实用通信广播卫星、返回式系列卫星等相继成功发射。

1986年到1999年的提速阶段，引领我国空间技术全面转入工程应用。科学探测卫星、返回式遥感卫星、气象卫星、通信卫星、传输型遥感卫星等多个卫星系列和领域先后形成。与此同时，我国第一艘无人飞船——神舟一号成功发射，第一代导航卫星也进入了研制阶段。

1999年至今，我国空间技术进入了实现重大突破的攻坚期。中国航天人拉开了北斗导航全球系统建设大幕，创造了神舟五号和嫦娥一号两项中国航天新的里程碑业绩，载人航天工程、探月工程圆满完成第一、第二步任务目标；高分系列卫星相继发射和投入使用，我国空间分辨率迈进亚米级时代。

参观贴士 >>>>>>>>>>>>>>>>>>>>>>>>>>>>>>>>>>>>>>

"东方红一号"卫星诞生地——北京卫星制造厂有限公司老厂区，目前已改造为北京卫星制造厂科技园。
北京卫星制造厂有限公司提供

中国航天科技集团北京卫星制造厂有限公司老厂区，这里曾是"东方红一号"卫星结构件研制的战场。在这里，老一辈航天人克服艰苦条件，攻克了大面积镀金、仪器舱罩焊接等一项项技术难题。2018年，老厂区入选工业和信息化部第二批国家工业遗产项目，目前已改造为北京卫星制造厂科技园。

1988年，时任中国气象局局长邹竞蒙在世界气象组织会议上展示风云一号A星首图。
国家卫星气象中心提供

06

第一张气象卫星云图

1988年9月7日上午，在世界气象组织会议上，时任世界气象组织主席、中国气象局局长邹竞蒙手举一张卫星云图，向与会代表宣布，它是数小时前由中国第一颗气象卫星——风云一号A星提供的首张云图。

1988年9月8日，《人民日报》头版刊登消息，宣布我国首次成功发射气象卫星，发回第一幅云图照片，正式向全世界广播气象信息。

这张太阳刚刚从地平线升起的云图照片，表明我国跨入了世界上少数几个有能力自己研制、发射和运行气象卫星的国家行列，具有了同时从地面和太空两方面观测大气的能力。

中国是个自然灾害多发频发的国家，自然灾害给中国的发展设置了一道道障碍。早年世界上拥有气象卫星的国家只有苏联和美国。我国自主研制了接收机，国外的气象卫星云图可以直接从传真机中打印出来，应用于天气预报。不过，这种云图只是单纯的"黑白图像"，并未经过定量处理，无法挖掘原始数据、反演各种气象要素的定量和图像产品，应用受到很大的限制，气象卫星的研发迫在眉睫。

2019年，我国风云气象卫星为全球90多个国家和地区、国内2500多家用户提供卫星资料和产品。我国已经建立了风云气象卫星国际用户防灾减灾应急保障机制，可以根据"一带一路"共建国家和地区的防灾减灾需求，为其启动应急加密观测，并能以良好的观测视角和定制化的高频次区域观测，提供台风、暴雨、沙尘暴等灾害监测预报，为各国气象防灾减灾救灾、生态保障作出重要贡献。

1988 年 9 月 8 日，《人民日报》头版报道我国首次成功发射一颗气象卫星，发回第一幅云图照片。

资料图片

1988 年 9 月，风云一号卫星发射前，国家卫星气象中心技术人员对地面应用系统最后复核。
国家卫星气象中心提供

"风云一号"绘出风云

范天锡，风云一号卫星应用系统总设计师

1988年9月7日，北京时间凌晨4时30分，我国第一颗气象卫星"风云一号"，由长征四号运载火箭发射升空。当日，卫星入轨第一圈，约在星箭分离后14分钟，广州气象卫星地面站率先收到几百帧云图信号，并实时传送到了位于北京的国家卫星气象中心，这便是中国气象卫星最早从太空传来的信息。北京时间6时09分，卫星绕地球一周后，再次回到我国领土上空，乌鲁木齐地面站接收到了第一幅可见光云图。在场专家分析认为：照片图像清晰，纹理清楚，层次丰富。

这张照片凝聚着广大气象工作者的努力。卫星从太空中拍摄、收集的数据需通过地面接收站接收，并实时把数据传送至国家卫星气象中心，迅速处理成各种定量产品和图像，发送给众多用户。

时间回到1969年1月29日，周恩来总理在听取气象部门代表的汇报时指示，应该搞我们自己的气象卫星。

1978年，经国务院批复，确定成立北京、广州、乌鲁木齐三个气象卫星数据地面接收站。选站小组为测量电磁环境，向国防科工委借了一套从日本进口的仪器，用时两年多，在三地往返测量奔波，最终确定站址。当时条件比较简陋，建地面站时，地下电缆、电话线都是从其他单位要来的；排水沟是大伙儿合力挖出来的；一米粗的管子，也是自己用汽车、马车拉过来的；装卸车时，大伙儿都去干，有时候家属也上；有人又当电工，又当水暖工，趴在地上安装水泵。

地面接收站有了，接收到的数据如何处理是最大难点。1979年，美国气象卫星大气探测权威比尔·史密斯访华，向我国推广美国威斯康星大学开发的一套气象卫星探测资料处理软件。此时，研究气象卫星资料处理的科研人员，已经在过去近10年的探索中掌握了大气辐射传输理论。而这套程序，给他们提供了完整的高水平教材，以学习和开发卫星资料处理软件。

但要想掌握这套程序并落地应用，仍需下大力气分析消化并进行程序调试。这在当时并非易事，因为所有人都刚刚开始学习计算机编程。他们一笔一笔画出框图，加以注释，进行逻辑分析，再提取出具体的数据处理方法，写出分析文档。

据范天锡回忆，调试工作是在当时国家气象中心的M170计算机上进行的。上机时间很宝贵，一人一周只能分到一两个小时。上机常常要安排到夜间。从20世纪70年代末到80年代初，在运算速度尚达不到如今笔记本电脑1%的那台M170电脑上，通过这一个个"一小时"，国家卫星气象中心团队"通关"了这套程序。

基本掌握气象卫星资料处理软件开发技术后，便要建设一个风云一号气象卫星资料定量处理系统，但这必须开发大量的软件，此时就需要一个软件开发平台。

恰逢20世纪80年代初，联合国开发署对发展中国家有一个NOAA卫星资料应用援助项目，中国也在援助之列。在规划如何使用有限的150万美元援助资金时，来自美国的项目责任人利斯提出的方案是：因为中国基本不具备软件开发能力，只能由国外公司承包系统建设，大部分资金必须用在软件购买上，余下一部分资金，只够添置惠普小型机。然而小型机无法承担海量卫星资料的处理任务。于是国家卫星气象中心业务人员提出了一个十分大胆的方案：软件不买了，全部由

"我们自己干"，所有150万美元用来购买硬件，配置一套IBM4361计算机系统。

1985年，二期项目（中国NOAA卫星资料处理系统）建成，在"风云一号"发射前半年，开发出包括14个软件包的应用软件：卫星轨道预报、卫星资料预处理、海面温度反演、大气探测资料反演、专业服务处理、风云一号卫星性能在轨测试和检验、数据存档和分发处理等。

1988年9月7日，卫星发射升空3小时后，新中国第一张卫星云图在世界面前亮相。邹竞蒙在世界气象组织会议上说："我们欢迎各国，特别是亚洲区协的成员接收、使用中国气象卫星资料，并且在今后发展气象卫星事业中与各国进行友好合作。"

（赵贝佳、叶姗杉采访整理）

知 ◦◦◦◦◦◦◦◦ 识 ◦◦◦◦◦◦ 链 ◦◦◦◦◦◦◦◦ 接

我国气象事业发展

新中国成立初期，全国仅有101个气象台站，根本谈不上组成合格的全国气象监测网。经过第一个五年计划大力兴建气象台站，资料问题得以基本解决。20世纪70年代末，我国气象部门在装备选购、人员培养、数值预报模式的选用以及软件开发等方面均已准备就绪，开始现代化业务建设。

1991年，在引进欧洲中期天气预报模式的基础上，我国第一代中期数值预报业务系统建成并投入业务运行。该系统可预报性为3—5天。20世纪90年代后期，我国中期数值天气预报系统已可每天制作全球10天的预报。这期间，中国气象局组织开发了新一代天气预报人机交互处理系统（MICAPS），预报业务真正实现了从传统的手工作业方式向现代化的人机交互方式转变。

进入21世纪，除了发展数值预报模式，中国气象局还组织多个单位联合开发了强对流天气临近预报系统，并大胆尝试开展长时效的中期预报。2006年，GRAPES区域数值预报业务系统（GRAPES-Meso）正式投入业务运行。

2017年5月17日，中国气象局被正式认定为世界气象中心，标志着我国气象业务服务的整体水平迈入世界先进行列。世界气象中心是世界气象组织（WMO）认定的全球核心气象预报、预测业务机构，截至2019年，全球有8个。

参观贴士 ＞＞＞＞＞＞＞＞＞＞＞＞＞＞＞＞＞＞＞＞＞＞＞＞＞＞＞＞＞

3月23日是世界气象日。每年这个时候，中国气象局都会开展系列科普活动并向公众免费开放。活动期间，中国气象局会开放科技大楼展区、影视中心展区、卫星气象中心展区等。根据每年气象日主题的不同，园区内会开展气象卫星、气象特种车辆等气象装备展示，VR（虚拟现实）、AR（增强现实）、气象观测、天气预报主持现场体验，以及科普讲座、气象知识竞答等趣味科普活动。参观前可致电中国气象局咨询。

07

首次开展航天员太空授课

2013年6月11—26日，搭载着聂海胜、张晓光、王亚平3位航天员的神舟十号载人飞船成功发射并顺利返回着陆。在轨飞行期间，神舟十号与天宫一号目标飞行器成功进行自动和手控交会对接，并首次开展中国航天员太空授课活动。

2013年6月20日上午，这堂别开生面的科学课在天宫一号展开。课程一端，航天员王亚平担任主讲，聂海胜辅助授课，张晓光担任摄像师。航天员们分别进行了质量测量、单摆运动、陀螺、水膜和水球等实验，展示了失重环境下物体运动特性、液体表面张力特性等物理现象。

课程另一端，在中国人民大学附属中学的地面课堂，师生们先共同观看了讲述航天员太空生活的电视短片《航天员在太空的衣食住行》。地面课堂建立与天宫一号的双向通信链路后，孩子们还通过视频与"太空教师"交流。

全国8万余所中学超过6000万名师生同步组织收听收看太空授课活动实况。

太空授课活动由中国载人航天工程办公室、教育部、中国科协共同主办，是我国载人航天工程首次在轨开展的教育类应用项目，体现了载人航天工程直接为国民教育服务的理念，极大地激发了广大青少年对科学探索的兴趣以及热爱航天、参与航天的热情。

神舟十二号航天员汤洪波
在轨拍摄的月亮。
中国航天员中心供图

太空授课：为科技梦插上翅膀

王亚平，神舟十号航天员，中国首次太空授课主讲人

受领太空授课主讲人的任务时，我既兴奋又紧张。兴奋的是能圆了儿时的教师梦，紧张的是任务艰巨，充满未知，很多东西要到天上试验后才知道。

我们做了很多准备，包括对教具的研究，每一次评审会我们都要参加。其实作为太空授课的主讲人，我在心里还是很忐忑的，毕竟从来没有当过老师，更何况还要为全国的中小学生上课。我们请了老师来为我们讲课，不仅仅是为了学原理学知识，更多的是学老师上课的方式方法，学语气、动作和神态。

那时，我每天都问自己：怎样上课才会更容易让学生们理解呢？然后，我想了很多办法，买了很多中学的物理书、辅导书，在网上找其他国家航天员太空授课的视频，还对教育心理学进行了研究。最开始试讲的时候完全是凭自己的感觉，也不知道自己该怎样去讲，到底讲得怎么样。后来，我把每次试讲录成视频，对着视频自己再练习。随着准备工作的深入，我发现那个过程比自己设想的还要艰难很多倍。

随着准备的逐渐深入，稿子改了无数次，评审会也开了无数次。每次都会邀请各个领域的专家，一遍一遍推敲。到什么程度呢？比如，单摆那个小球是浮着、悬浮着还是漂浮着？每一个字都要非常精确。评审会后再改稿子，紧接着再次试讲看效果，往往刚刚熟练掌握的稿子又得重新记。

为达到最佳效果，在短短1个多月的时间里，脚本先后改了几十次，各种场合的试讲开展了20多次，地面全系统全流程的1∶1演练就进行了5次。讨论脚本到凌晨，第二天一大早就按最新状态的脚本和流程进行演练，是常有的事。我更加深刻地体会到了载人航天"严、慎、细、实"的作风。

终于，功夫不负有心人。6月15—16日，进驻天宫一号后，我和两位战友择机进行了授课的三人协同配合及在轨训练。在轨演示和地面演示有不小差别，主要体现在操作上。在失重环境下，对操作的技巧、用力的大小都有很高要求。好在我很快找到了感觉。随后，我们开展了一次1∶1全系统全流程天地协同演练。

6月20日，正式授课开始前，地面工作人员比在天上的我们还紧张。我和两位战友打了一套太极拳，让地面的同事们一下子放松了，也更加信任我们。那是载人航天精神的正能量在天地之间的传递，这十分重要。虽然天上地下相差几百公里，但总有一种无形的力量在联系着我们，会激发我们的勇气和信心。每当我们在天上飞，听到地面的确认指令时就是这样的感觉。

当天北京时间10时04分，准备已久的太空授课开始。在两位战友的完美配合下，在大约40分钟的太空授课中，我先后顺利展示了失重现象演示和太空测量质量、单摆运动演示、陀螺演示、水膜演示、水球演示5个基础物理实验，并通过视频通话与地面课堂的师生们进行互动交流。加水球时，很多人喊："不要再加了，再加就爆了！"地面所有人都提心吊胆的，其实我们心里有底。

底气来源于练习。练习时，水膜常常拉不出来，或者往里面加中国结就破了；水球要么不圆，要么爆了。每次我们都会细心查找原因。水加多了还是少了？还是在拉的时候边上碰到了？找到原因心里就有底，所以我们不怕。练习时还加过比正式授课那天更多的水呢。

黄伟芬，时任载人航天工程航天员系统副总设计师

太空授课是一个大型复杂的系统工程。尽管挑战巨大，但我们始终坚持的第一条原则：强调真实，绝不事先录播。我们也想过，如果在太空授课过程中，真的出现极端情况，我们也会告诉所有的观众，这种故障正是反映了太空飞行的复杂性和难度。

第二条原则：这是一堂教学课，不是作秀。所以，我们将地面课堂设在中国人民大学附属中学，有几百个学生作为代表参加了地面课堂的活动。我们没有选择临场经验更丰富的央视主持人，而是选择了两位中学物理老师执行地面课堂的教学任务。

第三条原则：一定要有中国元素。比如，航天员做水膜之后，放置了一个小贴片，设计师最早给这个小贴片设计的图案是笑脸，后来我说，我们得用中国结；水膜做成水球的颜色，也选了中国红；太空老师选用李白的诗、曹冲称象的故事，也都是出于体现中国元素的考虑。

在真实的前提下完美呈现，预案就非常重要。我们对太空授课过程中可能会出现的200多个问题逐一分析，制定了几十个对策。

比如，图像话音中断了怎么办？预案是：导播要第一时间把摄像头切到地面课堂，由地面课堂的老师组织同学们开展相关教学活动；同时，我们飞控现场要进行故障的分析和排故，恢复图像话音的功能。恢复之后，由地面课堂的老师按我们事先约定好的话语，让航天员知道他从什么地方开始接续。这样既保证真实

又能让整个授课过程流畅地呈现。

后来在天地协同演练过程中，真的就出现了图像话音中断的情况。我们启动预案，完成了演练。在场的领导和专家，除了知情者，其他人没有一个发现出了状况。预案得到实战检验，也大大增强了我们的信心。

（余建斌采访整理）

知 识 链 接

从翱翔太空到空间驻留

1992年，中国载人航天工程正式启动。11年后，我国成功实现首次载人飞行，把中国人的身影留在了太空。随后，中国载人航天持续不断地踏上一个又一个台阶：第一次出舱行走，翟志刚以自己的一小步，迈出了中华民族的一大步；第一次手控对接，刘旺打出了漂亮的"太空十环"；第一次太空授课，王亚平为广大青少年播下了科学和梦想的种子；第一次中期驻留，景海鹏和陈冬顺利叩开了中国空间站时代的大门……

我国是第五个独立研制和发射卫星、第三个把人类送上太空的国家，也是一个已经迈进空间站时代的国家。2022年，中国空间站全面建成，我们的"太空之家"遨游苍穹。

参观贴士 >>>>>>>>>>>>>>>>>>>>>>>>>>>>>>>>>>>>>>

东风航天城内的风暴一号火箭模型。
中国酒泉卫星发射中心提供。

目前，公众可以通过以下渠道集中了解我国载人航天工程发展：

前往中国酒泉卫星发射中心所在的东风航天城参观。酒泉卫星发射中心拥有目前我国唯一的载人航天发射场，迄今所有的载人航天任务都从这里出发前往太空。航天城内有许多载人航天的元素，如航天员出征前居住的问天阁等建筑设施。在发射中心新改建的展览馆所展示的内容里，载人航天也是一个重点。

参与载人航天相关的展览和公众科普互动活动。每年 4 月 24 日中国航天日以及科技周、科普日等特定日期，中国载人航天工程办公室、中国科协、中国科学院、国家博物馆等机构会推出相关活动，如中国航天员飞天摄影作品展、航天文物展等。

参观在线科普展览。可访问中国科普博览、中国载人航天官方网站等。

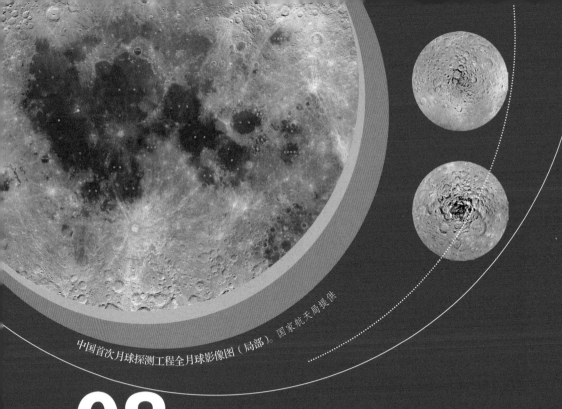

中国首次月球探测工程全月球影像图（局部）。国家航天局提供

08

┃ 探月工程

　　1994年，美国发射"克莱门汀1号"探测器，发布月球南极有水冰的信息，掀起了第二轮探月高潮。我国嫦娥工程就是在第二轮探月高潮中提上了议程。

　　尽管我国在美苏探月之后继续探月，尽管人类航天器100多次到访月球，甚至有12名航天员的足迹留在月球，但应该看到，人类对月球的认识还十分有限。月球的起源和演化过程、月球是否蕴藏大量水冰等资源、月球内部构造等科学问题依然是未解之谜。我国实施探月工程，能够为人类探索宇宙奥秘、为世界科学进步贡献中国力量、中国智慧。

　　作为国家科技重大专项的标志性工程，探月工程是一个国家综合国力和科学技术水平的重要体现。

　　2020年，嫦娥五号实现月面采样返回。2024年，嫦娥六号在人类历史上首次实现月球背面采样返回。我国建设航天强国、科技强国取得一系列标志性成果。

"玉兔二号"月球车在月球行走。国家航天局提供

拓宽深空探测之路

栾恩杰，我国探月工程首任总指挥、国家航天局原局长、中国工程院院士，

参与组织、主持我国首次月球探测工程，确立探月工程"绕、落、回"的技术发展路线，

开辟了深空探测新领域

　　月球探测是我国深空探测活动的起点。1998年，我出任国家航天局局长，在党中央、国务院的支持下，带领团队启动了探月工程的规划论证，于2000年组织完成了我国首部航天白皮书，把探月梦想首次落实进了文件。

　　当时有人质疑，中国人为何要费尽周折到月球去？其中的意义太重大了。探月工程既能彰显我国的强盛国力，证明中国人有能力发展空间科学、抵达更远太空，也能显示我国的航天科技能力，书写中国人对深空探测的自主认识。况且，没有科学手段就无法开展科学研究。航天工程能够带动一系列技术进步，推进相关科学发展，真正惠及百姓民生。

　　2004年1月，我国探月工程被批复并正式启动。当天是猴年大年初二，我太兴奋了，写了一首诗："地球耕耘六万载，嫦娥思乡五千年。残壁遗训催思奋，虚度花甲无滋味。"欣喜之余又倍感压力，我们必须搞好探月工程，才能不辜负祖国人民的信任和期望。但中国从来没搞过深空探测，什么都是新的，如何做到万无一失？

作为总指挥，我心里绷住了一根弦，就是"充分利用成熟技术，踏踏实实做方案，精雕细琢地完成技术指标，不要搞花里胡哨的东西。"当时，关于嫦娥一号选择哪个运载火箭，争论不一。很多人倾向用长三乙火箭，运载能力更强，但我坚持采用更成熟的长三甲火箭。讨论卫星平台时，我也坚持用东方红三号的成熟平台，原因无他，就是用成熟技术打底，我的心里就有底！

嫦娥一号遇到的最大困难，是试验中发现卫星天线增益不够，影响数据获取。为解决这个问题，要么改良卫星天线，要么增大与之对应的、地面测控的设备口径，提高接收能力。经过长时间攻关，单靠卫星天线无法解决难题。经过多方权衡，奋力攻关，探月工程充分运用成熟的USB测控技术，并首次与VLBI射电天文技术相结合，同时将地面天线扩大为18米口径。这样就通过嫦娥一号任务的实施，使我国初步具备了深空探测的基本能力。

每一项大工程都必有一定时间的限制，有明确的目标要求和经费约束，同时还要突破多项关键技术。人财物安排得好，才能保证整个探月任务有条不紊地进行。

回想往事，我常常感动于探月人的付出。参与工程任务的所有人员都为了确保成功这个共同的目标而奋斗，严守纪律、上下一心，队伍中流传着"出了问题不推，手头工作不拖，反复复查不烦，技术指标不降"的工作口号。

嫦娥一号立项是在2004年，发射是2007年，虽然只有短短4年，但整个项目严格按照航天系统工程思路推进。我们把第一年定为"开局年"，第二年是"攻关年"，第三年是"决战年"，第四年是"决胜年"，每一年都是夜以继日、团结协作，没有这些航天人的付出，就没有今天的成绩。

从嫦娥一号到嫦娥四号，我们经历的沟沟坎坎太多了，但是都被我们克服了，实现很多工程上和技术上的创新。尤其是嫦娥四号，作为嫦娥三号的备份星，实现人类探测器首次月球背面软着陆和首次月背与地球的中继通信，开启了月球探测的新篇章。看到嫦娥四号落月的那一刻，真的太激动了。

探月工程在完成"绕"与"落"以后，第三步目标是采样返回。目前（2019年。编者注）我们还没有完成这个任务，这也是我最牵挂的。相信随着技术进步，嫦娥五号也一定能顺利完成任务。当"绕、落、回"任务全部结束后，我认为，中国的月球探测要进入一个常态化的发展阶段。同时要不断挖掘更好的深空探测科学目标，通过对科学目标长期的、连续的研究，中国人一定会拿出高水平的成果。我衷心地希望中国深空探测之路越走越远，越走越好，越走越强！我们探索浩瀚宇宙，建设航天强国的梦想一定会早日实现。

（冯华、刘诗瑶采访整理）

参观贴士 >>>>>>>>>>>>>>>>>>>>>>>>>>>>>>>>>

公众可以通过中国探月与深空探测网（http://www.clep.org.cn/）或者关注"中国探月工程"的微信公众号，获取最新的探月工程成果、探月科普知识等。

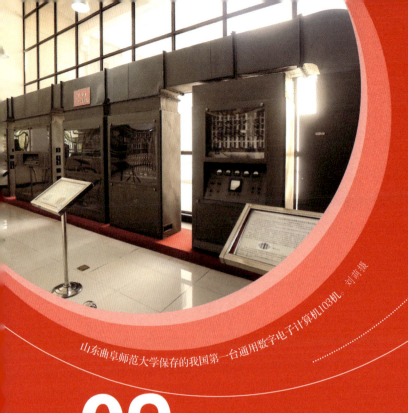

山东曲阜师范大学保存的我国第一台通用数字电子计算机103机。刘前摄

09

第一台通用数字电子计算机

　　20世纪50年代初，我国在制定"十二年科学规划"时，提出了"向科学进军"的口号。时任中国科学院数学研究所所长华罗庚提出，要研发我国自己的计算机。当时，电子计算机在我国还是空白学科，"十二年科学规划"将与"两弹一星"直接配套的电子计算机、半导体、无线电电子学和自动化列为国家四项"紧急措施"。1958年8月1日，我国第一台通用数字电子计算机（103机）完成了四条指令的运行表演，每秒运算速度为30次，成为我国计算技术这门学科建立的标志。

四条指令开启计算机时代

陈长林，中国科学院计算技术研究所研究员，103机研发人员

1956年8月25日，我国第一个计算技术研究机构——中国科学院计算技术研究所筹备委员会成立，华罗庚任主任。

陈长林回忆，当时，世界上第一台电子计算机出现已有10年。工作应该如何开始？大家一致的意见是：先学习苏联已有的技术，在此基础上，根据我国条件，开展自己的研究，即"先仿制后创新，仿制为了创新"。

研发工作很快铺开。"派人去苏联考察和学习，抽调大学毕业班学生开办计算技术训练班，集中一批在相近专业有一定工作经验的科技人员到计算所协作开创计算机事业。"参与当年研制工作的张梓昌在回忆文章中写道。

其中，尽快掌握整机技术是重点之一。计算所决定把仿制苏联大型计算机和M-3小型计算机作为突破口。仿制没有实样，是以苏联图纸为蓝本进行生产、安装、调试。

1957年12月，M-3图纸开始分批运抵北京，仿制工作立即展开，因而成为第一项整机任务。M-3是苏联的型号，我国在试制时称为"八一型"机，在工业生产时定名为"103机"。随着工作开展和人员增多，项目组内部又分设了5个小组：电源小组、运算器小组、控制器小组、磁鼓小组、输入输出小组。

1958年1月下旬，华罗庚督建的计算所科研楼正式交付使用。科研人员迅速建立了实验室，一面消化资料，一面进行必要的实验。

"不论年龄大小、资历深浅、协作时间长短，大家都在一起摸爬滚打。组内的气氛是人与人真诚相处，没有隔阂，工作紧张，心情愉快。"张梓昌十分怀念那段奋斗岁月。

当时计算所没有生产力量，试制生产工作由四机部738厂承担。最终，738厂用时8个月，完成了第一部计算机的制造工作。103机体积庞大，仅主机就有数个大型机柜，占地40平方米。机体内有近4000个半导体锗二极管和800个电子管。

陈长林回忆，当时调机工作进程紧张，为提升工作效率，分调人员在柜前用木板搭了个平台，运算器（主机柜上半柜）的分调人员蹲在台上，脉冲分配器（下半柜左边）和局部控制器（下半柜右边）的分调人员分别蹲在台下左右两边。如此避免了分调人员相互拥挤，大大提高了调机效率。

1958年8月1日，这部计算机完成了四条指令的运行，宣告中国人制造的第一台通用数字电子计算机的诞生。这台计算机解决了逻辑正确性问题，但在可靠性、稳定性、安全性等方面仍需调试提升。

到1958年底，除磁鼓外，其他部件都达到了可靠性和稳定性的要求。为寻找电镀工艺更好的磁鼓，计算所曾从上海有线电厂购买，但效果仍不明显。后来发现，其实问题在于磁头线圈的谐振频率与读出信号的频率很接近，从而引起了信号波形的畸变。只要把线圈的匝数减少3匝，问题便迎刃而解了。

多次改进后的机器在1959年四季度提供使用，解决了许多科学研究和工程设计中的计算问题。

（吴月辉采访整理）

我国第一颗原子弹爆炸。中国原子能科学研究院提供

10

第一颗原子弹

　　中国研制第一颗原子弹时，新中国成立不久，正处在内忧外患的严峻境地。

　　新中国第一颗原子弹的成功研制，打破了帝国主义的核垄断和对我国的核讹诈，提高了社会主义新中国的国防军事实力，维护了国家安全，大大提高了中国的国际地位。

　　原子弹研制过程中，中国人民所表现的热爱祖国、无私奉献、自强不息、艰苦奋斗、勇于登攀的精神，鼓舞着中华儿女不断向前。正如邓小平所说："如果六十年代以来中国没有原子弹、氢弹，没有发射卫星，中国就不能叫有重要影响的大国，就没有现在这样的国际地位。这些东西反映一个民族的能力，也是一个民族、一个国家兴旺发达的标志。"

1989年，科学家们在中国原子能科学研究院工作。
左起：王乃彦、洪润生、王淦昌、单玉生。中国原子能科学研究院提供

爱国奋斗，打破断言

王乃彦，中国科学院院士，曾任中国原子能科学研究院副院长

1964年10月16日，第一颗原子弹爆炸的时候，我在苏联杜布纳研究所。从使馆拿到核爆的纪录片后，我请实验室的主任、副主任等外国朋友一起观看。当时，我们实验室的主任是诺贝尔奖的获得者，副主任也是苏联著名的核物理学家。他们看后，非常激动。他们想不到中国会这么快就研制出原子弹。我那会儿知道，和我一起在杜布纳工作过的王淦昌、周光召、唐孝威、吕敏等已经参加了原子弹的研制工作，我很希望回国后也能够参与其中。

1965年，中苏关系破裂，我结束了在苏联长达6年的学习回到中国原子能科学研究院，来到了位于青海海晏县的金银滩，一个代号青海西宁曙光机械厂的地方，开始参与我国第三次核武器试验。

第三次核武器试验是要走加强型原子弹的路线，我负责测量中子。那时年轻，干劲十足，我天天都睡在办公室，通常晚上干到十一点多，把铺盖往办公桌上铺好就睡，早上再收拾起来开始工作。那次试验，至今我印象最深的是搬铅砖，因为测量中子要用铅砖做屏蔽体。几大卡车的铅砖运过来，一块铅砖重四五公斤左

右，一只手可以托起两块铅砖。这次试验取得了很好的结果，但也说明了发展余地有限，所以当时就作出了要突破氢弹的决定。

中国成功爆炸原子弹和氢弹之后，敌对势力不断以反对核污染为由，向中国施加压力，要求中国停止核试验。他们还断言中国再过20年也掌握不了地下核试验技术。

20世纪60年代中期，中国启动地下核试验的筹备工作。1969年，王淦昌领导和组织了第一次地下核试验。当时科研生产受到了严重破坏，王淦昌就到处做思想工作，动员大家积极准备。

1969年9月23日0点15分，地下核试验试验区突然像地火奔腾一样地爆发出一阵巨响，地爆释放出巨大的能量，将试验区的山体都震得猛烈摇晃起来，堪比强烈的地震。第一次地下核试验总体来看是成功的。

1975年，第二次地下核试验来了。我因为在这次地下核试验的准备工作中，受到了很严重的意外照射，被送到306医院检查治疗。治疗还没结束，一个通知下来，我们就马上往试验现场出发了。

本来每一次进去回收都是我带队，因为我是室主任，又是党员，带头义不容辞。但这一次，领导不同意我进去，就换了其他的小组。我只能到达警戒线。

随着一张张照片冲洗出来，我们取得了非常理想的数据，大家非常激动。

1976年，进行了第三次地下核试验。由于第二次攻坚战奠定了非常好的基础，第三次试验取得了几十套数据。成功之后召开总结会，宣布中国第三次地下核试验取得圆满成功，就此结束了地下平洞核试验。

（蒋建科采访整理）

参观贴士 ⟫⟫⟫⟫⟫⟫⟫⟫⟫⟫⟫⟫⟫⟫⟫⟫⟫⟫⟫⟫⟫⟫⟫⟫⟫⟫

中国核工业科技馆。
中国原子能科学研究院提供

中国核工业科技馆是国内首个系统介绍核科技知识、核工业成就的国家级行业馆，隶属中国核工业集团有限公司。中国核工业科技馆坐落于北京西南郊，依托中国原子能科学研究院建设和管理。作为我国核科学技术的发祥地、核工业的摇篮，中国原子能科学研究院先后有7位"两弹一星功勋奖章"获得者和70余位两院院士在此工作过。

中国核工业科技馆设有中国核工业、探索核奥秘、核燃料循环、开发核能源、核在我身边、核在国防中、核与辐射安全等展厅，通过大量历史文物、实物模型及多媒体互动展项，普及核科技知识，展示核工业成就，传承核工业文化。

中国核工业科技馆接受团体预约参观。

我国第一颗氢弹爆炸。中国原子能科学研究院提供

11

第一颗氢弹

1967年6月17日，我国自行设计、制造的第一颗氢弹在我国西部地区上空试爆成功。其爆炸威力，相当于美国当年投到日本广岛那颗原子弹的150多倍。震惊世界的蘑菇云异常炫目耀眼。氢弹的爆炸成功，是中国核武器发展的又一个飞跃，标志着中国核武器的发展进入了一个新的阶段。

1964年10月16日，我国第一颗原子弹爆炸成功之后，从事氢弹理论先期探索的队伍转入中国科学院理论部，和那里的科技队伍会合，形成强有力的科研攻关劲旅。1965年10月，氢弹理论终于得以突破。1966年12月28日，氢弹原理试验成功；1967年6月17日上午7时，空军徐克江机组驾驶着72号轰炸机，进行氢弹空投试验。沉寂的戈壁大漠上空，瞬时升起了一颗极为神奇壮观的"太阳"。

从第一颗原子弹试验成功到第一颗氢弹试验成功，美国用了8年零6个月，苏联用了4年，英国用了4年零7个月，法国用了8年零6个月，我国只用了两年零8个月，发展速度之快，在世界上引起了巨大反响。

杨桢（左一）与钱三强、宋任穷、何泽慧等在苏联。中国原子能科学研究院提供

自己做出来的数据最可靠

杨桢，接受采访时 91 岁，见证我国第一个原子能反应堆和回旋加速器的建成

1951年，我即将从清华大学物理系毕业，在毕业表格里我填上了"完全、无条件服从组织分配"。个人志愿栏里，第一项我写的是参军，第二项是"用原子能迎接共产主义"。没有想到的是，钱三强先生到清华大学挑选学生时，竟然翻看了我们的毕业表格。当他看到我的表格，钱先生笑着说："这小子还有点雄心壮志！"

我就这么被选去了中国科学院近代物理研究所（中国原子能科学研究院前身）工作。同时被选中的几位年轻人，也都是具有强烈投身核科学事业意愿的应届毕业生。

很快，我便接到了首批被派赴苏联留学的通知。1953年，我赴苏留学。出国前夕，我接到了改变专业的通知：学无线电微波，行政关系转到电子研究所。对此，我没有任何意见，接受组织安排。

在列宁格勒大学物理系读了两年后，一个紧急通知从国内传来，要求我立即办理离校手续，到莫斯科报到，接受原子能技术培训。如此突然，不少人为我惋惜，觉得我之前的研究、唾手可得的副博士学位，都将放弃。但我义无反顾。我更看重的是祖国和人民的信任，以及我从少年时代就梦寐以求的原子能事业。

在莫斯科，我见到了钱三强、何泽慧、彭桓武等老师，才知道了这个"实习组"的部分情况。实习组成员部分来自国内，部分调自留苏生，其中不乏当时近代物理研究所的一些资深专家。看到我尊敬的钱三强先生担任实习组的总负责人，不用说，一切全明白了。

大家被分成几个不同的专业组，分别在苏方指定的几个单位参加学习。一拨人学习反应堆物理及运行维修，一拨人学习建造、运行、维修回旋加速器，还有一拨人学习在反应堆和加速器上开展核物理研究。我被分配到回旋加速器上接受培训。这些设施秘密建在莫斯科郊区的一个贵族庄园里，为保密，那里被称为"热工实验室"。

这个机会真是千载难逢，舍命也得干！当时我就是抱着这样的大无畏心态参加这项工作。回旋加速器开动时具有强放射性，所以用2.5米厚的重混凝土加铁块建了一个"碉堡"。可作为物理学家，必要的时候还是得进到"碉堡"里头去，而且必须是在加速器开足马力的时候进去。由于回旋加速器是苏联才开发不久的新设备，调节还部分处在半理论半经验阶段。最危险的是在离子束轨道最后磁调整的阶段，出现了束流偏离打上了D形盒的时候。这种情况下往往没有别的办法，只能由人直接下到开动着的加速器真空盒窗口旁，用眼睛查看被离子束打红了的D形盒部位，才能进行适当的调节。

在进行这种观察时，高能的离子束伴随着强烈的辐射，像密集的子弹一样横扫在双眼上。苏联人叮嘱我一定要小心，因为之前有好几个前辈眼睛都瞎了。当时我心想："为了这个我就害怕了吗？那我们中国的回旋加速器怎么办？我是个战士，需要我干我就干！让我冲锋我就冲锋！"我不止一次地担任了这个角色。

最困难的是掌握线路元件的数值，常常因为元件上的字朝下而看不到。我想了个办法，从医疗器材商店买了一支牙科医生用的、带长柄的小镜子，趁星期日休息、设备停机不带电的时候，把它插进密如蛛网的线路中，利用镜中反射读出元件的数值，边照边抄。

实习任务完成，钱三强、何泽慧等先生相继回国，开始筹备一个以苏联援建的原子能反应堆和回旋加速器（即"一堆一器"）为主要设备的、新的原子能研究基地。1956年秋，我回到了阔别三年的祖国，赶上新的研究基地在北京西南郊的荒滩上破土动工，这个基地后来成为今天的中国原子能科学研究院。

1958年9月27日，"一堆一器"建成移交，这是一个值得被铭记的日子，仪式在原子能院隆重举行。我清晰地记得，那天下了雨，原来准备在反应堆大楼前空地上召开的大会，临时改到了大食堂。陈毅、聂荣臻等中央首长都出席了仪式，现场人山人海，大家的心情都很激动，中国从此跨入原子能时代。曾经，中国在原子能方面是外行，没有反应堆、没有加速器，即使想做什么，也没有条件。有了"一堆一器"，就意味着有了基础和能力去开展研究，满足国家需要。自此，我在"一堆一器"上做了大量工作。其中，我在回旋加速器上开展的研究为氢弹的研制提供了关键数据。

1964年10月16日，我国首次成功试爆原子弹。"氢弹要快"，自然也提上了日程。氢弹的研制与原子弹大不相同，更为复杂。其中一个关键的技术项目，就是要测量"反应截面"的大小，这是一整套要靠实验测定的数据。但它又是理论计算的起点，没有它，弹体的设计方案无从谈起。可是，国际上，公开的数据分歧很大，相信谁？相信自己！只有自己做出来的，才是最可靠、最有信心的。

幸运的是，钱三强先生对这一问题早有预见和战略安排。在我们探索原子弹的同时，他就在原子能所作了氢弹研究的布局。

在我看来，"一堆一器"是火车头，围绕堆器建设的各类谱仪等设备是车厢，在堆器上开展的大量研究则是货物。火车头带动了车厢，拉来了货物。

"一堆一器"是种子，尽管它们是苏联援建的，但能干的中国人总是很善于学习，从一开始照着摸索，到后来慢慢尝试，最后往往就能自己一点点地做出来新的成果。

"一堆一器"是老母鸡，从堆器上培养出一大批核科技人才，堆工、加速器、核物理专家都从这里诞生。正是他们在堆器上掌握的技术、积累的经验、开展的研究，为"两弹一艇"的研制做出了贡献，为反应堆和加速器后来的不断发展打下了基础。

1967年6月，我国自己设计、制造的第一颗氢弹成功爆炸，距第一颗原子弹爆炸只过了两年零8个月。应该说，它集中了从钱三强、何泽慧、彭桓武起几代中国核科学家和全国各方面的努力，而让我高兴的是，这里面也包含自己的汗水。

（蒋建科采访整理）

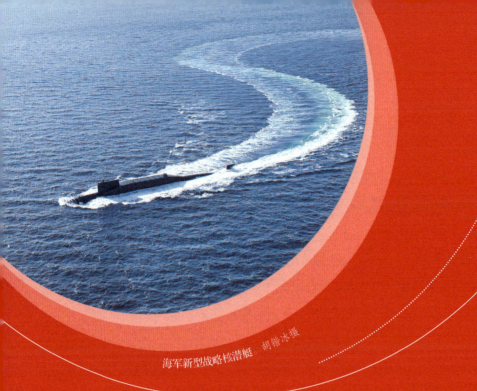

海军新型战略核潜艇。胡锴冰摄

12

第一艘核潜艇

　　20世纪50年代末，毛主席发出"核潜艇，一万年也要搞出来！"的伟大号召。面对核威胁，中国人民自力更生，艰苦奋斗，成功研制出我国第一艘核潜艇，中国成为继美、苏、英、法之后，第五个拥有核潜艇的国家。1970年12月26日，我国第一艘核潜艇胜利下水，被命名为"长征一号"艇，成为继"两弹一星"后的又一国之重器、国之利器。

　　核潜艇作为战略性武器、战术性平台，彰显国家意志。核潜艇部队每一次执行任务都是孤军前出、远离大陆、环境复杂；任何一个战术动作，都包含着很高的政治含量。这支象征大国地位、支撑国家安全的战略部队，铸就了威慑强敌、反对霸权的海上核盾牌，为我国奠定大国地位、维护大国形象提供了有力战略支撑。

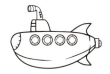

犁开第一道历史航迹

赵忠生，与第一艘核潜艇同时服役的老兵，曾担任过3艘核潜艇政委，

在核潜艇部队工作38年，见证我国核潜艇部队一步步成长壮大

20世纪60年代末，海军从常规潜艇挑选艇员组建核潜艇接艇队，他们大多数只读过初中，连"核裂变"都没听说过。就是这样一群官兵，面对核物理、高等数学、流体力学等30多个专业，面对上万台设备，勇敢迈出了水下长征的第一步。

当时，学习生活条件非常艰苦，十几个人睡在一个大通铺上，连个像样的课桌都没有，所有教科书和辅导资料全部是刻蜡板油印的。但大家都憋着一股劲，白天一身油、一身汗地钻舱室、摸管路、练实操，晚上加班加点学习理论、钻研专业，最后不仅全员通过考核，还摸索编写出4部核潜艇训练教材。其中36名官兵，被誉为我国核潜艇事业的"36棵青松"，以他们为骨干的第一支核潜艇艇员队，驾驭着中国人自己建造的核潜艇犁开了第一道历史性航迹。

20世纪70年代初，我国第一艘核潜艇完成了系泊试验，准备进行海上航行，这对接艇队而言无疑是一个严峻的考验。为了掌握主动权，保证试航成功，在出航前艇员们向科研人员和工人师傅展开了实操"学习战"。为了一个口令、一个动作，有的同志要练上几百上千次；手磨破了，全然不顾；嗓子喊哑了，喝口水继续干。

首艇的试航，每个项目，都是从零开始。从第一次启堆、第一次出海到第一次下潜，艇员们不怕苦、不怕脏、不怕累，爱核潜艇胜过爱自己的生命，一步一个脚印在摸索中前行。有时候白天开展试验，夜间编写规程，不知度过了多少个不眠之夜。他们生病都顾不上休息，遇到家里有事也不请假，一门心思扑在了试验上，从没有因为个人问题影响进程。

毫无疑问，"长征一号"艇首航试验的任务是艰巨危险的。第一次试航，当海水淹没了艇体后，艇员和艇上的科研人员心情比较紧张。正在这时，操纵台显示一个重要装置出现故障。通常情况下，潜艇需立即浮出水面，返航回到船坞进行检修，但这样势必要很长时间才能恢复试航。整个试验项目计划都要延期，会造成不良的国际影响。关键时刻，工程师董有经站了出来，抄起扳手冲进舱室。当时舱内温度很高，抢修过程中，他突然感到头晕目眩，但还是咬着牙凭着坚强的毅力扛了过来。一番操作检修过后，故障被排除，试航任务得以按计划正常完成。

有一年，核潜艇进行最大自给力长航试验，这是对潜艇设备性能的检验，也是对艇员生理极限的考验。水下航行，用水成了最大的难题，喝水要定量，洗脸是奢望。核潜艇舱内高温、高湿、高噪声、高污染、空气混浊，长时间在里面工作生活，人的生理机能和内分泌系统都容易紊乱，艇员们分分秒秒都经受着考验。长时间水下航行，多数人出现了失眠、厌食、烦躁等症状。全艇原来一顿饭能吃几十斤米，到后来连一半的量都吃不下。困难面前是止步还是继续前行？大家一致表示，纵然千难万险，也要勇往直前，坚决完成任务，为国争光。

数十年来，一代代核潜艇人高擎精神火炬，甘愿拼搏奋斗，勇闯深海大洋，为党和人民劈波斩浪、一往无前，在人民海军走向深蓝的壮阔航程中书写下不朽的史诗。

（李龙伊、张书义、蓝力采访整理）

2018年4月，执行远海训练任务的中国海军辽宁舰航母编队。胡锴冰摄

13

第一艘航空母舰

2012年9月25日，我国第一艘航空母舰按计划完成建造和试验试航工作，正式交付海军。经中央军委批准，它被命名为"中国人民解放军海军辽宁舰"，舷号为"16"。中国第一艘航母交接入列，是海军建设发展的一个标志性、阶段性成果，标志着中国实现了航母"零的突破"，向海上强国的目标迈出了重要一步。

海强则国兴。建设一支有能力维护国家安全利益、与国家地位相称的强大人民海军，是从近海走向远海的必然前提；发展航母，是人民海军走向深蓝、让梦想照进现实的必然选择。

"拥有航母就拥有制空、制海作战能力，拥有航母意味着一支海军具有了岸基航空兵作战半径外的防御能力。"中国人民解放军军事科学院研究员尹黎介绍，航母对于提高海军综合作战力量现代化水平，增强防卫作战能力，发展远海合作与应对非传统安全威胁能力具有重要意义。

中国海军辽宁舰航母编队在海上航行。莫小亮摄

推开舰载战斗机事业大门

徐英，我国首批自主培养的舰载战斗机飞行员

2013年，北部战区海军航空兵某部组建。这是人民海军第一支航母舰载战斗机部队。

这支部队，是一支集合在渤海之滨的海空"梦之队"。他们多次接受习近平主席检阅，多人被授予、追授荣誉称号，多人荣立一等功。

这是一支肩负着新使命的"生力军"，他们平均年龄不到35岁，却承担着海军航空兵转型发展的先锋之责。他们从"雾都雄鹰师""天山雪狼旅""海空雄鹰团"等王牌部队飞来，为了共同的梦想，汇聚在渤海湾畔，驾驶"飞鲨"歼—15飞机开始了一场摸索前行的跋涉。

"别人是摸着石头过河，我们连石头都没有。但是，不管这条'河'有多深、有多宽，我们都要坚决蹚过去！"这是该部某团团长徐英向祖国和人民许下的诺言。

2011年，徐英成为我国首批自主培养舰载战斗机飞行员中的一员。他和战友们边探索边实践，边训练边总结，总结一次提高一次，慢慢敲开了海军舰载战斗机事业这扇厚重的大门。

当时，徐英会把每天飞行训练的细节和感受记录下来。如今，他已经积累了近200万字的舰载战斗机飞行训练日记。这些日记，成为中国海军舰载战斗机飞行员日后组训的重要参考资料。

几年时间，我们的舰载战斗机飞行员将每一个技战术改进、每一次飞行训练感受，甚至每一次走过的"弯路"都记录下来，积攒起千万字的"文献资料"。按照他们总结优化出来的培养方法，一批批舰载战斗机飞行员陆续通过训练考核。现在，该部舰载战斗机飞行员全部取得了航母飞行资质认证，夜间着舰技术也已得到突破。

争吵，伴随着这个团队的进步过程。

看到徐英黑着脸一言不发地推门而进，熟悉他的战友都知道，"铁三角"又争吵了。"铁三角"是指徐英、卢朝辉和王亮，作为技战术水平走在最前列的飞行员，他们3人奉命探索舰载战斗机新的战术训练方法。从讨论到争吵，从和颜悦色到面红耳赤，然后拍桌子、不欢而散……越往前推进，吵得越来越多、越来越激烈，谁也说服不了谁，最后每次都得领导出面"调停"。

"越往下走，就会发现舰载战斗机这个事业，就像水面下的冰山一样庞大得吓人。"徐英说。全新的飞行技术、全新的战术、全新的海域、全新的战场……他们有太多的问号要拉直，有太长的路要赶，急迫到没有时间去琢磨言辞。每一次争吵都会得出一个结论，达成一种共识，获得一种探索成果。争吵，让这个团队探索总结出了歼—15舰载战斗机主要技战术指标、舰机适配特性和舰载起降技术规律。

在徐英的宿舍内，一架歼—15舰载战斗机模型被高高悬挂在屋顶最显眼位置。在他的观念里，独木不成林，单兵难排阵。"歼—15舰载战斗机悬挂在房间里，就像融入立体的海空战场，这也时刻提醒着我，舰载战斗机不能做'独行侠'，必须深度融入整个作战体系。"

对我国航母舰载战斗机事业来说，2012年11月23日是一个重要的日子。这天清晨，渤海湾雪后初霁，辽宁舰迎风高速航行，在波光粼粼的海面上犁下一道银色的航迹。这一天，"飞鲨"歼—15飞机将在辽宁舰首次阻拦着舰和滑跃起飞……

数千次的模拟训练，让承担试飞任务的戴明盟信心满怀。起飞、寻舰、绕舰、触舰、着舰、阻拦成功，戴明盟娴熟地操纵"飞鲨"精确挂住辽宁舰第二道阻拦索；3小时后，戴明盟又驾机滑跃14°仰角冲上云霄，首次实现了中国舰载战斗机在航母上的成功起降！

训练结束后，辽宁舰鸣笛一分钟，向飞行员表达崇高敬意，也是向世界宣告：我国已经掌握了舰载战斗机舰上起降技术。那一天，距离辽宁舰正式交付海军的

海军航空兵某飞行团飞行员。高宏伟摄

2012年9月25日，还不到两个月。

在中国航母事业起步阶段，一切都是空白，就连甲板上飞机如何停放都需要探索。如今，再次站在辽宁舰宽阔的甲板上，看着舰载战斗机频繁起降的热烈场景，徐英知道，走向远海大洋，还有许多全新的领域、全新的战术、全新的考验在等待着他们探索攻克。

（李龙伊采访整理）

知 ⊶⊷⊶⊷⊶⊷ 识 ⊶⊷⊶⊷ 链 ⊶⊷⊶⊷⊶⊷ 接

驾驶舰载战斗机有多难

国外一份报告显示，舰载战斗机飞行员的风险系数是航天员的5倍、普通飞行员的20倍。舰载战斗机飞行员往往被称为"刀尖上的舞者"。飞行员每次驾机着舰，都是一次历险。从空中看航母甲板，就同巴掌一样大，着舰区域为间隔十几米的4根阻拦索，以200多公里时速降落在阻拦索之间，无异于在刀尖上跳舞。

昼间着舰难，夜间着舰难上加难。因为光线极暗，飞行在汪洋大海之上，目之所及尽是漆黑，飞行员只能依靠仪表确定飞行状态，不仅要克服被黑暗吞噬的恐惧，还要防止随时可能出现的飞行错觉，难度和危险性成倍增长。

我国航母舰载战斗机事业起步晚，初创阶段没有技术积累、规范资料，也没有训练经验。飞行员们一次次以身涉险，换来一本本飞行经验，这些经验或写进《训练大纲》，或载入"新员教范"。

几年来，从试飞到组训，从技术到战术，从陆基到舰基，从昼间到夜间，从单机到编队，从近海到远洋；从最初的几架到现在越来越多的歼—15舰载战斗机在航母上起降，从单一机型训练到多机型密切配合训练，从基础飞行课目到作战体系运用……这些变化，记录了舰载战斗机融入航母体系的奋飞航迹。

成渝铁路渝内段通车典礼。中国铁路成都局集团有限公司提供

14

第一条自主修建的铁路干线

　　成渝铁路西起成都，东到重庆，全长505公里。

　　成渝铁路沿线人口稠密，物产丰富。然而，当时这里的交通十分不便，运输货物异常困难。许多物品运输百里，运费便要超过其本身价值。四川丰富的物产运不出去，急需的工业品又运不进来，严重影响了西南工业的发展，也给当地人民生活造成许多困难。

　　1950年6月，成渝铁路工程开工。这是新中国修建的第一条铁路。在没有任何大型机械化设备、施工条件极端艰苦、路料运力极为匮乏的条件下，铁路部门、地方、军队密切协作，10万军民日夜奋战，仅用两年，成渝铁路便正式通车。

修成渝铁路是我一生的荣幸

孙贻荪，接受采访时 87 岁，原西南军区军工筑路队参谋，成渝铁路建设者

说起建设成渝铁路，孙贻荪老人仿佛回到了数十年前，一切都历历在目。

1949年底，孙贻荪参加革命，进入中国人民解放军第二野战军军事政治大学。

"孙贻荪出列，回营房打背包！"1950年的一天上午，17岁的孙贻荪正像往常一样和战友一起出操，领导却突然让他出列。

"要去哪里，要干什么，完全不知道。"命令只是让他到当时的西南军区报到。临行前，战友们知道他可能不会返回学校，马上请照相馆的师傅拍一张合影。

孙贻荪匆忙赶到几十里外的西南军区大操场时，那里已经人山人海，有军人也有铁路工人。操场前排横幅上有这几个大字：成渝铁路开工典礼！这时候他才知道，自己被编入西南军区军工筑路第一纵队直属二团，即将开赴建设前线。

孙贻荪的部队是从重庆向成都施工。工程开始后，每天四五点，军号一响，全体起床。天还不亮，大家就打着火把到工地，开山放炮。

部队人员没有修铁路的经验，怎么打炮眼、怎样爆破，都需要向铁路工人学习。当时部队人员去筑路现场，一手背枪、一手拿镐。枪架在工地上，子弹上膛。

因为筑路工地附近土匪不时会来骚扰，他们要随时准备战斗。

"我当时担任见习参谋，上午参加劳动，下午协调各项工作。"孙贻荪记得，1950年成渝铁路开工后不久，他和排长张云山带领一个排的战士在重庆九龙坡修路，正干得汗流浃背，一位工人跑来报告："孙参谋，土匪来了，起码有百号人！"孙贻荪马上下令停止修路，调集火力压制土匪，10分钟后将土匪打退。

那时，修建铁路的另一个困难就是没有大型机械化设备，修路全靠钢钎、锤子和自制的炸药。

1950年，西南军政委员会动员的10万军民陆续到达工地，其中大部分为青年民工。为了改变劳动条件、节约原材料，这支年轻的队伍艰苦奋斗，不断革新施工办法，开展创模立功运动，提出很多合理化建议和技术改进意见。筑路工人谢家全创造的"压引放炮法"，增大了爆破威力，每方爆破所用的黑色炸药由原来的250克减为94克；颜绍贵创造的"单人冲炮眼法"，使开凿坚石冲炮眼由原来每班2人钻进8米提高到24米，工效提高2倍多；在施工现场，工人们还用土办法自制打夯机、运土机、挖泥弓及扒杆卸砟等工具，提高了工效，减轻了劳动强度。

修建成渝铁路，还有一件事情让孙贻荪动容。

成渝铁路是四川人民渴望多年的一条生命之路。这条铁路在新中国成立后终于开工，老百姓欢欣鼓舞。四川老年人，都有准备寿材的习惯。他们把好的木料，比如楠木、香樟等存起来做寿材，但是听说修建成渝铁路，都慷慨地把这些寿材木料捐献出来。永川筑路工地，有一天来了很多老人，把寿材扎上大红花，绑上红绸子，敲锣打鼓抬着这些寿材送到工地做枕木。当时筑路用的枕木需要从北方运过来，交通不便，一直非常稀缺。"真是人民的铁路人民关心，人民爱护，人民修！"

就这样，在没有任何大型机械化设备、施工条件极端艰苦、路料运力极为匮乏的条件下，10万军民两年日夜奋战，全长505公里的成渝铁路正式通车。时任西南军政委员会交通部副部长兼西南铁路工程局副局长和总工程师的萨福均说："从成渝铁路的修建可以看出，我们的铁路建设，只要在中国共产党的领导下，就没有什么困难不能克服。"

1952年7月1日，成渝铁路举行通车典礼。这是新中国成立后自力更生修建的第一条铁路，是新中国铁路发展史上的第一路，是巴蜀人民盼望40年的幸福路。

这一天，成渝两地万人空巷。成都30余万民众汇聚大街小巷及火车站广场，欢庆成渝铁路建成通车。

从这一天起，乘火车在成渝间旅行，单程旅行时间由一周缩短为一天，巴蜀人民的铁路梦成为现实。

从这一天起，四川交通格局就此改变。这对新中国成立初期成渝两地国民经济的恢复有着重大的历史意义。成渝乃至整个西南地区迎来经济大发展的新时代。

从这一天起，新中国铁路建设和发展进入新阶段，拉开了新中国大规模进行铁路建设的序幕。

新中国铁路建设回眸	
成渝铁路	第一条铁路：1950 年开工，1952 年竣工。
宝成铁路	第一条电气化铁路：1952 年动工，1958 年正式运营，1975 年完成全线电气化工程改造。
大秦铁路	第一条重载单元铁路，1991 年竣工，国家"西煤东运"战略通道。
秦沈客运专线	第一条客运专线铁路，2003 年正式运营。
青藏铁路	世界上海拔最高、线路最长的高原铁路，2006 年全线通车。
京津城际	第一条时速超过 300 公里的高速铁路，2008 年通车运营。

孙贻荪说，修建成渝铁路对他的人生来说是很重要的一步。"参加建设时我才17岁，还是一个少年。但是，有幸进入了这支队伍，让我从老一辈工程技术专家身上、从部队的老领导身上，学到了很多东西。"

两年以后，孙贻荪转业到铁路部门。采访中，孙贻荪拿出他珍藏了几十年的三枚物件：铁道部发的一枚路徽、成渝铁路通车的纪念章、西南军区颁发的成渝铁路建设纪念章。"成渝铁路是新中国修建的第一条铁路，非常有意义，能参与其中是我一生的荣幸，我非常珍惜那段岁月。"

（宋豪新采访整理）

参观贴士 〉〉〉〉〉〉〉〉〉〉〉〉〉〉〉〉〉〉〉〉〉〉〉〉〉〉〉〉〉

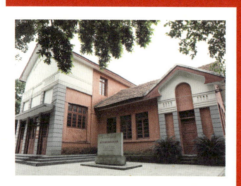

成渝铁路筑路民工纪念堂。
中国铁路成都局集团有限公司提供

2015 年 11 月，修葺一新的成渝铁路筑路民工纪念堂正式对公众开放。

在四川省内江市梅山公园广场，高高耸立的成渝铁路筑路民工纪念碑十分醒目，碑座上刻有毛泽东同志亲笔题写的祝词：庆贺成渝铁路通车，继续努力修筑天成路。

在陈列室里摆放了许多当年民工们用过的土碗、马灯、口盅、锄头等，还有成渝铁路通车纪念章和图片资料，反映当时建设工地的劳动场景。

修建成渝铁路时，来了很多外省工人。通车后他们就再没有返回老家，扎根内江，成为铁路工人。解说员刘学兰讲述，开馆那天，来了很多市民参观，其中有不少是当年修建成渝铁路工人的"孙"字辈后代。一位观众说："我很小就听爷爷讲过，当初修建成渝铁路很苦，大家都是带着锄头、蓑衣、扁担和一床烂棉絮，来到了成渝铁路工地上，成了筑路大军的一员。"

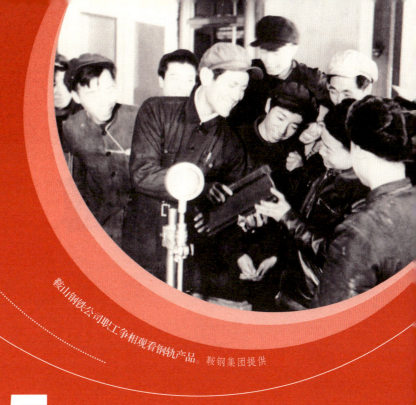

鞍山钢铁公司职工争相观看钢轨产品。鞍钢集团提供

15

第一根重型钢轨

中共中央于1952年5月决定，集中全国力量首先恢复和改建鞍山钢铁公司。改建工程的重点包括著名的"三大工程"——大型轧钢厂、无缝钢管厂、炼铁厂七号高炉。

鞍钢大型轧钢厂是新中国第一座现代化轨梁轧钢厂。该工程于1952年8月1日正式动工，设计能力为年轧制钢轨及各种大型材50万吨。

轧钢厂可以生产修筑铁路所需要的钢轨以及建造工厂厂房、铁路桥梁所必需的工字钢、角钢、槽钢和无缝钢管坯等几十种规格的大型钢材。

自1953年至2019年，鞍钢累计生产销售钢轨2000多万吨，铺轨长度近42万公里。在京广线、京哈线、京沪线、京石线、沪杭线、郑西线、胶济线、温福线等铁路上，都能看到鞍钢钢轨。

当年轧制的工序，我依然记得

任德全，接受采访时94岁，鞍钢大型轧钢厂工人，见证新中国第一根重型钢轨的诞生

94岁的任全德，四层的楼梯每天还能上下4次，但因为长期在噪声大的环境里工作，耳朵背了，问题都要写在纸上。

作为鞍钢大型轧钢厂的第一批工人，他见证了新中国第一根重型钢轨的诞生。"5.6吨的钢锭，出2根8.1米长的钢坯，然后经过3台轧钢机、11个道次。分别是：第一架机器，第1道箱型孔，第2、3、4道帽型孔，第5道轨型孔；第二架机器，4道轨型孔；第三架机器，2道。出来的是50米长的钢轨，切成4段12.5米的。热锻就结束了，再去冷锻。"退休近40年，说起当年轧制的工序，任全德口齿有些磕绊，思路却很流畅。

1952年，任全德从农村来到鞍钢，经历了从小型厂、中型厂到大型厂的培训，为1953年的开工投产做准备。"大型厂是最新的、自动化的，我们要学习操作，学习规章制度。"任全德回忆，"轧钢温度不能低于1200摄氏度，我们穿着白帆布做的防热服，前面热得冒汗，后面吹着电扇，脱下来的衣服被汗浸透，硬得都能立起来。但每个人都聚精会神，守住自己岗位，不许出事故。"

鞍钢大型轧钢厂是我国第一座机械化、自动化的大型轧钢厂。在当时，这样一个高度机械化、自动化的工厂生产准备工作如何进行，国内没有经验。职工培训方面，工人中大部分是新工人，有转业军人、青年农民，还有部分是伪满时期的老工人，文化程度不高，还有少数文盲，掌握新技术要从头教起。生产准备方面，需要制定岗位操作、技术安全规程，就由在苏联实习的同志搜集大型厂的全部规章制度寄回来，再组织技术人员翻译。设备备品方面，开工生产需要哪些工具，心中没数，也去请教苏联专家。

鞍钢大型轧钢厂第一任厂长李文在回忆文章中写道："工人学习热情很高，自制操纵模型，自找场所，有的在没修复的第二炼钢厂的大平台上学习，天冷、下雨时钻进平炉里去学习。工人们组织了互助学习小组，互相测验，有的同志文化程度较低，深夜还在复习课程，开始只考两分，结业考了五分（**当时实行五分制，五分为满分。编者注**）。工人们说：'学习多努一把力，生产就少发生一些事故。'"

1953年11月30日晚8时，大型轧钢厂进行热试车，成功轧出第一批完全合格的大型钢材——圆钢的无缝管坯。12月8日又开始试轧重型钢轨，中午12时，第一根重型钢轨试轧成功。时任鞍钢大型轧钢厂见习技术员的李元辉这样描述了当时的场景："中午12时左右，第一根43公斤重轨经过11个孔型的轧制终于试轧成功了，又是一阵热烈的掌声和一个难以忘怀的激动场面！"

"43号钢轨，新中国，头一回！那能不激动吗！"任全德自豪地说，"除了43号钢轨，我们还有30多种产品。我们要独立自主、自力更生、奋发图强地建设社会主义！"

1953年12月26日，在鞍钢"三大工程"正式开工生产大会上，大型轧钢厂全体职工隆重地以一级品的重型钢轨向党中央献礼。从此，满载重型钢轨和各种大型钢材的列车，日夜不断地从这里开往全国各地。

（胡婧怡采访整理）

参观贴士 >>

鞍钢博物馆是大型的钢铁主题博物馆，2024年晋级国家一级博物馆，免费向公众开放。鞍钢博物馆位于鞍山钢铁集团有限公司正门西侧三孔桥旁，其中博物馆面积1.2万平方米，钢铁主题公园5.5万平方米，是集中国冶金文化、党史教育、爱国主义教育为一体的综合性文化产业基地。

场馆突出"新中国钢铁工业从这里开始"的主题，将始建于1955年的炼铁二烧厂房和始建于1917年的炼铁一号高炉合在一起，赋予工业遗产全新风采。全馆共收藏具有珍贵历史价值的照片3000多幅，实物1万多件。

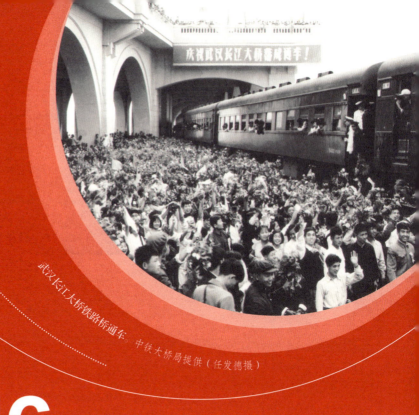

武汉长江大桥铁路桥通车。中铁大桥局提供（任发德摄）

16

万里长江第一桥

  1949年以前，武汉江面上没有大桥可通行，京汉铁路和粤汉铁路之间的运输全部由往来于武昌和汉口的驳船和轮渡接转。新中国成立前夕，李文骥、茅以升等桥梁专家联名提议建设武汉长江大桥。新中国成立后，修建武汉长江大桥被列入第一个五年计划重点工程项目。

  1955年7月，武汉长江大桥正式动工建设，两年后胜利竣工通车。武汉长江大桥是新中国成立后在长江"天堑"上修建的第一座公铁两用桥梁，结束了我国不能修建深水基础和大跨度桥梁的历史，培育了一支技术过硬的"建桥大军"。

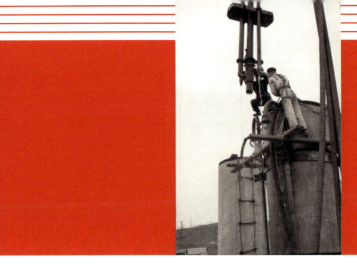

武汉长江大桥是新中国成立后在长江"天堑"上修建的第一座公铁两用桥梁。图为建设者正在下放柱桩射水装置。
中铁大桥局提供（任发德摄）

一桥跨南北　天堑变通途

刘长元，接受采访时 87 岁，原铁道部大桥工程局副总工程师，

武汉长江大桥建设者

"新中国成立前，武汉三镇三足鼎立，相互之间来往很不方便。新中国一成立，当时的中央人民政府就指示铁道部筹建武汉长江大桥。"刘长元是土生土长的武汉人，他对当时的情形记得很清楚。

1953 年 4 月，原铁道部正式成立武汉大桥工程局（今中铁大桥局集团的前身），负责武汉长江大桥的设计与施工。武汉长江大桥实际上是一项大工程，不单是在长江上修建一座桥，而是若干工程与建筑物的复杂结合。

一项如此复杂而庞大的工程，靠单打独斗是不可能完成的。"当时的大桥工程局集合了我国桥梁建设各领域的专业人员和精英，为了建桥，全国人民都动员起来了。"刘长元说。1954 年 2 月 6 日，《人民日报》发表《努力修好武汉长江大桥》，号召全国人民支援大桥建设。

大桥的工程建设得到了全国各地的支持。主桥及两端引桥由大桥工程局施工，两岸的联络线及跨线桥等工程分别由汉阳工程段和中国人民解放军铁道兵施工，

大跨度钢梁制造任务由海关桥梁工厂和沈阳桥梁工厂承担，湖北当地数十万干部群众也积极投入工程建设中。

刘长元说，这种热情来自全国人民建设新中国的强烈愿望。

刘长元在大学学的是桥梁专业，1955年7月毕业后，被分配到大桥工程局二桥处，正好赶上大桥开工，参与了靠武昌一侧的桥墩施工。

长江水深浪急，桥墩建设是首先要解决的技术难题。刘长元介绍，原本初步设计的施工方案是采用传统的"气压沉箱法"：先将一个大沉箱沉入江底，充入高压空气排出江水，供工人下到江底直接施工。但由于桥址处流量大，流速急，地质情况复杂，这种方法不仅对施工人员存在安全风险，而且只能在枯水期进行，会延误工期。

中国技术人员和苏联专家共同研究，开创"大型管柱钻孔法"修建"管柱基础"：先将空心管柱打入江底岩面上，再在岩面上钻孔，在孔内浇筑混凝土建桥墩。"就像用钻机将矿山钻开一样，过去都是在旱地施工，水上施工在国际上还没有先例。"刘长元说。

由于从苏联引进的打桩机力量不够，我国工人、桥梁技术人员在长江岸边维修车间的简陋环境中，重新设计图纸和样式，研制出新的震动打桩机。同时，经过在岸上和江心开展的一系列艰苦试验，建起了35个管柱，使深水墩台施工基本不受水位限制，极大提高了工效，改善了工人的劳动条件。大桥原计划4年零1个月完工，实际仅用2年零1个月。

"此技术是桥梁深水基础工程上的重大突破，至今仍是桥梁深水基础主要施工方法之一。"刘长元说。

1956年，毛泽东同志在武汉视察时，游泳横渡长江，见大桥初显轮廓，挥笔写下"一桥飞架南北，天堑变通途"的名句。一年后的10月15日，武汉长江大桥建成通车，整个武汉沸腾了。数万市民挥舞着鲜花和彩旗，簇拥着大桥的建设者们，走上横跨长江两岸的"巨龙"，尽情地欢呼、歌唱。成群的和平鸽，五彩缤纷的气球，一齐飞向天空。

过了没多久，时任汉阳建桥新村派出所所长的王卫民却烦恼起来。不少家庭新生孩子，都想取名叫"建桥""汉桥"。尽管工作人员反复申明劝说，同年、同月、同名字太多，会给户口管理造成很多麻烦，但那两年，在建桥新村派出所登记的婴儿中，仍有25个叫"建桥"，15个叫"汉桥"，8个叫"建成"。

（范昊天采访整理）

知 ⚬⚬⚬⚬⚬⚬ 识 ⚬⚬⚬⚬ ✦ ⚬⚬⚬⚬ 链 ⚬⚬⚬⚬⚬⚬ 接

中国桥梁刷新世界纪录

从武汉长江大桥起步，随着中国基础设施建设技术的进步，中国逐渐成为建桥大国，并向建桥强国迈进。

我国先后建成了一系列具有世界先进水平的大桥，如刷新了跨度、荷载、速度和桥面宽度等4项世界第一的武汉天兴洲长江大桥、世界第一座6线高速铁路大跨度桥梁南京大胜关大桥、世界最长的跨海大桥港珠澳大桥。

桥梁建设不断刷新纪录。沪通公铁两用长江大桥再创当时世界同类型斜拉桥跨度纪录，五峰山长江公铁两用长江大桥再创世界同类型悬索桥跨度纪录，平潭海峡公铁两用大桥再创世界同类型桥梁长度纪录。此外，"建桥国家队"积极"走出去"，向世界展示着中国桥梁建设的实力，"中国桥梁"日益成为一张亮丽的国家名片。

参观贴士 ＞＞＞＞＞＞＞＞＞＞＞＞＞＞＞＞＞＞＞＞＞＞＞＞＞＞＞＞

武汉长江大桥是武汉的地标性建筑之一，公众可从武昌岸黄鹤楼附近或汉阳岸龟山公园南门附近，通过引桥步行至公路桥面参观；也可在两岸桥头堡乘坐电梯到达桥面后一览江面美景。

武汉桥梁博物馆位于武汉市汉阳区四新大道上的中铁大桥局桥梁科技大厦，由中铁大桥局投资建设，由桥梁博物馆室内馆展陈及室外桥梁主题公园艺术项目组成。室内馆由序厅、中国古代桥梁、中国近现代桥梁、世界桥梁博览、桥梁科技发展、桥梁文化展示、建桥国家队的光辉历程、桥梁互动体验等部分组成。

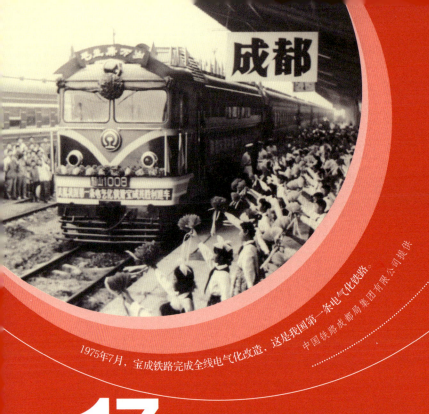

1975年7月，宝成铁路完成全线电气化改造，这是我国第一条电气化铁路。

中国铁路成都局集团有限公司提供

17

第一条电气化铁路

1952年7月2日，宝成铁路在成都破土动工。南起成都，北至宝鸡，宝成铁路横越秦岭、巴山和剑门山，绵延600多公里。

数十万建设者参与到这项艰巨的任务中来，数以百计的高山深谷被打穿填平。铁路有数十处高悬山腰，至今仍保持着坡度最大、曲线半径最小的全国纪录。一名建设者曾这样写道："脚登险岩手攀天，腰缠绳索空中悬。劈开凶山开路堑，填起沟谷当平原。"

1958年1月1日，宝成铁路建成通车，北上出川"蜀道难"终成历史。

但随着经济发展，运输需求和运能矛盾与日俱增。一方面，宝成铁路所经地区坡度大、隧道多、弯道频，内燃机车、蒸汽机车牵引力有限；另一方面，山区天气恶劣，影响铁路正常运行。1966年初，凤州至成都段电气化工程得到批准，宝成铁路全线电气化改造工程从此开始。

　　1975年7月，宝成铁路完成全线电气化改造，运输能力提升超过1倍，拉开了中国铁路现代化的序幕。

　　2017年12月，西成高铁开通运营，"铁路蜀道"进一步升级，极大释放了宝成铁路运能。2019年一季度宝成铁路运输货物到达量401.3万吨，相当于20世纪60年代的3倍。同时，中欧班列"蓉欧快铁"等货运品牌不断升级，宝成铁路实现了从"山货出川"到"川货出国"的跨越。

山货出川　川货出国

罗青，宝成铁路第一批女接触网工

1983年，18岁的罗青成为宝成铁路成都供电段广元接触网工区的接触网工。和同一批的4位女同事一起，她们被工友们亲切地称为宝成铁路的"五朵金花"。

接触网工是铁路电气化产生的新职业。那时候，一条位于电气化铁道上方的千伏电线，是火车动力的来源。但供电设备稳定性不足，检修次数多，极大影响列车运行。为监控和维护铁道供电线，保证列车正常运行，接触网工应运而生。

新岗位新任务，活不好干。她们要擦洗绝缘瓷瓶，在离地四五米的高度用干湿毛巾轮流擦拭，一天下来人人都是大花脸；她们给接触网涂油，要站在上

宝成铁路通车纪念章。
中国铁路成都局集团有限公司提供

宝成铁路上的电力机车女司机。
中国铁路成都局集团有限公司提供

宝成铁路上的"青年号"。
中国铁路成都局集团有限公司提供

一列货物列车行驶在宝成铁路。曹宁摄

下两条线索间，边行走边操作；她们还要给钢柱刷漆，抱住支柱螺旋上行，保证钢柱在各个方向都上漆均匀。"涂完下来，全身都是油漆，得先用汽油'洗'后，才能洗澡。"罗青说。

杨奇锐，宝成铁路上的火车司机

相伴的"老伙计"从蒸汽机车到电力机车，再到高铁动车，杨奇锐很自豪。

1988年，杨奇锐第一次登上蒸汽机车，不是作为乘客，而是作为司炉。"蒸汽机车全靠我烧的煤往前带。"杨奇锐说，"在底下练的时候很顺，但一上车就不一样了。"

宝成铁路所经地区坡度大，所穿隧道多，机车晃动大。驾驶室内，大小阀门密密麻麻，表盘管路纷繁众多。如果踩不到脚踏阀，打不开炉门，煤就全撒在外面。一班下来，杨奇锐浑身都是灰，两手全是泡。

当时，宝成铁路已完成电气化改造，杨奇锐"烧"的蒸汽机车主要在支线跑。电力机车的驾驶室明亮整洁，杨奇锐很羡慕。

1995年，他考取了电力机车驾驶证，终于如愿以偿成为电力机车司机。

"以前，我看见山坡桥隧就头大，害怕动力不足过不去。自从开上电力机车，心情就没那么紧张了。"杨奇锐说。

2010年，杨奇锐又成为一名动车司机。他说："高铁让我们的铁路运输能力上了大台阶，我自己的工作也'提速'了。1秒钟，蒸汽机车可能一动不动，高铁动车可就开出几十米了。这对动车司机的要求也更高。"

"数十年来，我一直在宝成线跑，一边开车，一边见证祖国的发展、铁路的进步。宝成沿线，山更绿了，水更清了，老百姓的生活一天比一天好。"杨奇锐觉得，自己虽然是一名普通的火车司机，但见证了历史。

（宋豪新采访整理）

参观贴士 ＞＞＞＞＞＞＞＞＞＞＞＞＞＞＞＞＞＞＞＞＞＞＞＞＞＞＞＞

宝成铁路建成通车。
中国铁路成都局集团有限公司提供

宝成铁路文化体验馆位于陕西省凤县灵官峡景区。体验馆占地约 2500 平方米，包括序厅、夜走灵官峡体验区、宝成铁路精神体验区、铁道科普知识区、未来展望区 5 个板块，再现了我国第一条电气化铁路的建设历程。

景区还设有观光火车体验区，参观者可乘坐仿真小火车感受穿行乐趣。

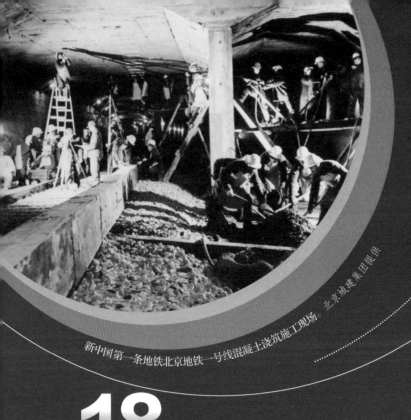

新中国第一条地铁北京地铁一号线混凝土浇筑施工现场。北京城建集团报供

18

▎第一条地铁

  1969年10月1日，北京地铁一期工程通车试运营，实现中国城市轨道交通史"零的突破"。1981年，地铁一期工程终于经国家批准正式验收，投入运营。

  一期工程是规划方案中一号线和环线的一部分，全长30.5公里。其中运营线路从北京站到古城站，全长22.87公里，后延长到苹果园站，全长23.6公里。经过半个多世纪的发展，截至2023年12月，我国城市轨道交通运营里程超过1万公里。城市轨道交通成为老百姓可靠的绿色交通工具。

浅埋施工　平稳运行

施仲衡，接受采访时 88 岁，中国工程院院士，

北京城建设计研究总院（现北京城建设计发展集团）原总工程师

20世纪50年代修建地铁和现在可不一样，主要是为了战备需要。这对于新中国来说是一件重要而艰难的任务，不仅投资大、技术要求高，专业人才更是少之又少。为了培养一批中国自己的地铁人才，国家决定选派一批人前往苏联学习地铁专业。我因为成绩优异有幸成为新中国第一位留苏学地铁专业的研究生。从此，我和地铁结下了不解之缘。

3年留学生活结束，我不仅掌握了丰富的理论知识，积累了大量实践经验，还带回了上千页由钢笔手写、绘制的资料。

当时，木樨地和公主坟附近两座深120米的竖井已经开挖，原来是考虑战备安全需要，选择了深埋地铁的方案。而当时在全世界范围内，最深的地铁线也只有基辅地铁的一座车站，深达100米。

对于地铁建设刚刚起步的新中国来说，深埋120米是一个巨大的挑战。详细考察北京地质水文特点后，我又发现，北京地下水位高、水压大，渗水事故风险高，这样的深度乘客进出也极不方便。

我把发现的问题写成20页的报告，送到了时任北京地铁工程局局长陈志坚手中。1960年1月，在市政府大楼里，我被要求向时任中国人民解放军副总参谋长的杨成武上将及有关领导做汇报。

1960年5月，中央经讨论最终决定，北京地铁由深埋方案改为浅埋加防护方案，即在地下20米左右，用开膛的方式进行地铁建设，降低了施工风险与难度。在地铁后期运营过程中，一部扶梯就可以解决乘客上下行的问题。但对于战备来说，地铁浅埋就意味着风险，所以防护等级需要相应提升。此后，上海、广州、沈阳等城市地铁也改为浅埋方案。

1961年，我带地铁专业毕业班的学生到北京做毕业设计，他们的毕业设计就是结合浅埋地铁的建设做了包括降水、支护、结构等一系列专题试验研究。

1969年10月1日，北京地铁一期工程试运行。这是新中国第一条地铁线路，承载起新中国地铁人白手起家的成功与喜悦。如今，它已分别成为北京地铁一号线和二号线的一部分，设有北京站等重要交通枢纽点。运营半个世纪之后，它依旧是北京重要的地铁线路。

（贺勇采访整理）

参观贴士 〉〉〉〉〉〉〉〉〉〉〉〉〉〉〉〉〉〉〉〉〉〉〉〉〉〉〉〉〉〉〉〉〉〉〉〉

北京地铁公司发起成立了北京地铁爱好者联盟，不定期组织成员到地铁大厦参观北京地铁展览厅，观摩地铁"老物件儿"，了解地铁发展历史。

位于大兴区西红门镇的地铁文化公园也是感受地铁文化的好去处。这是北京首家以地铁为主题的公园绿地。游人可近距离欣赏退役机车等珍贵实物，了解北京地铁机车发展历程。

疾驰在京津城际铁路上的复兴号列车。冯凯摄

19

第一条具世界一流水平的高速铁路

2008年8月1日12时35分，随着C2275次列车从北京南站驶出，京津城际铁路正式通车，这是我国第一条高速铁路。京津两地之间实现了30分钟通达，中国正式迈入高铁时代，并一举成为世界上第四个系统掌握时速300公里高铁技术的国家。

京津城际铁路线路全长120公里，桥梁长度占到线路总长的87%，设计时速高达350公里。远远望去，疾驰的高速动车组就像是飞在空中的白色巨龙，开启了中国高铁发展的新篇章。

京津城际　陆地飞行

徐颖，京津城际高铁首位列车长

"到今天我还记得，2008年8月1日那天，北京南站灯火通明，站台上循环播放着《北京欢迎你》，乘客全都聚在高铁列车头那里照相。"徐颖笑起来露出一颗小虎牙。

2008年，作为京津城际首发列车的列车长，徐颖成为中国首条世界一流高铁的见证人之一。"第一趟高铁开行时，乘客都非常兴奋。转座椅的、商务座留影的……大家都在车上溜达，直到广播天津站即将到达，很多人脱口而出：'这就到了？也太快了！'"

徐颖回忆，"车上有许多不远千里赶来的火车迷，拿着车票让我们签名留念。有位80多岁的老铁道兵对我说，'我修了一辈子铁路，现在终于坐上了世界上最好的列车'。"

5个月前，因为业务出色，徐颖被选调至京津城际车队，参与组建高铁车队。近两个月里，100名从海选中脱颖而出的女孩儿，在天津市电力职业中等专业学校里"闭关修炼"，头顶书、腿夹纸、嘴咬筷子、打手语、练英语、学心理学……

很快，徐颖迎来了人生中的第一次"陆地飞行"。2008年6月24日，中国人自己制造的CRH3型"和谐"号列车进行了高速试验。早晨8时54分，司机李东晓推上手柄，鸣笛示意，动车组瞬间提速，从北京南站快速驶出，冲向天津。仅仅5分钟，时速就冲到了300公里。

有了极速体验，徐颖和同事们打造高铁服务样本的信心更足了。"高铁不仅是速度更快、车子更舒适，我们的乘务也要更贴心。"徐颖说。过去京津间列车只有10对，开通京津城际后则增加到47对，运行时间也从74分钟缩短为半小时。徐颖每天值乘的次数从6趟提高到了12趟，旅客服务量提升了一倍，乘务员的应急处置能力和沟通协调能力也要更强。

如今，徐颖和同事们探索形成的高铁服务模式早已在全国高铁列车上推广。2019年，京津城际的旅客发送量也累计突破2.7亿人次。"列车升级了，车次增多了，乘务员制服也换了，但让旅客拥有舒心旅程的心始终不变。"徐颖说。

（陆娅楠采访整理）

我国首款自主研制的大型客机C919成功首飞。中国商用飞机有限责任公司提供（王脊摄）

20

第一款自主研制的大型客机

　　大型客机被认为是现代工业皇冠上的明珠，是一个国家工业、科技水平的集中体现。

　　2008年5月，中国商用飞机有限责任公司作为实施国家大型飞机重大专项中大型客机项目的主体，在黄浦江畔成立。2009年1月，中国商飞正式发布首个单通道常规布局150座级大型客机，机型代号"COMAC919"，简称"C919"。

　　10多年来，C919大型客机项目的实施对于转变经济增长方式、带动科学技术发展的促进作用已经逐渐显现。

拉起C919的第一杆

蔡俊，C919飞机首飞机长，中国商飞公司民用飞机试飞中心主任飞行师

2019年10月24日，蔡俊驾驶着C919大型客机第五架试飞机完成首次飞行试验。

2019年已经投入试飞的5架C919飞机中，蔡俊作为机组成员参与了其中3架的首飞任务。他至今仍清楚记得2017年5月5日C919首架机首飞的整个过程。

在首飞任务准备过程中，为了吃透C919飞机系统，在休息时互相考答系统原理成了首飞机组的家常菜；为了提升特情处置能力，C919团队专门挖掘出了32项在首飞中可能出现的特情并提前演练处置；为了解飞机的脾性，工程模拟机、"铁鸟"试验台（飞控液压系统综合实验台架。编者注）几乎成了首飞机组的临时办公室。一切准备工作就是为了通过持续的训练让操纵形成肌肉记忆，面对各类情况形成条件反射。

"那段时间，几乎每天的工作都是满满的。有的时候，因为试验任务多、时间紧，我们几个就住在基地附近。机务和场务兄弟就更辛苦了，一周不回家也不是什么稀奇事。"紧张的训练和试验，让蔡俊感觉像经历了一次"强行军"。

"那天吃完午饭，我们开始做飞行准备：检查飞机，坐到座位上，在驾驶舱做飞行前检查；发动机启动，飞机在跑道上做了一次低速滑行，确认状态良好后重新回到跑道起点等待；下午2点，准时起飞。"

"当我拉第一杆的时候，就觉得飞机跟我们平时训练的工程模拟机非常接近。起飞3—5分钟以后，我操纵飞机做了几个动作，感觉这架飞机能够将飞行员的意志转化为飞行状态，让飞行员像控制身体一样自如操控。"

与航线飞行员不同，试飞员要驾驶着新型号飞机探索飞机的各项性能，用工程语言、实际飞出来的状态和数据向飞机设计师描述飞机表现，同时还要从使用和安全的角度对飞机设计方案提出建议。

下午2点到3点19分，C919历时1小时19分的首飞堪称完美，全程无任何异常告警和故障，所有的试验点一次性通过。

对于C919飞机来说，首飞仅仅是万里长征的第一步。"C919有6架飞机承担试飞测试。其中，不少测试是在特殊环境下进行的，包括高温、高湿热、高原、高寒、大侧风等。只有经得起各类极端情况的考验，才能说明C919是安全的。"

2019年国庆当天，蔡俊作为C919团队代表参加天安门广场群众游行"创新驱动"方阵，再一次感受到了祖国的强大。"这份强大来之不易，是我们每一个人共同参与、共同建设、共同奋斗得来的。"蔡俊很庆幸生活在这样一个时代，可以自由地为自己的梦想而拼搏。

（余建斌采访整理）

参观贴士 >>>

上海航空科普馆收藏了歼—8E、DC-8 等 10 余架实物飞行器，同时内设 10 余台实验装置以及模拟飞行体验区。

每两年在珠海举办的中国国际航空航天博览会，是公众了解航空业发展的另一个窗口。目前，该博览会已成为集贸易性、专业性、观赏性为一体的最具国际影响力的航展之一。

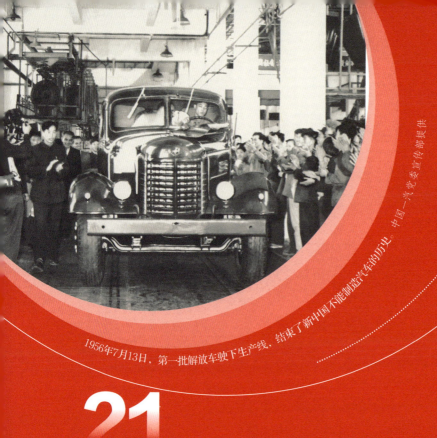

中国一汽党委宣传部提供

1956年7月13日，第一批解放车驶下生产线，结束了新中国不能制造汽车的历史。

21

第一批国产汽车

　　1956年7月13日，吉林省长春市第一汽车制造厂内，总装线装配出第一批崭新的解放牌汽车，从此，中国结束了不能制造汽车的历史。14日，第一批解放牌汽车徐徐驶出厂区。中国汽车工业发展史从1956年7月14日开始记录。

　　如今，解放卡车经历了七代更迭。第七代卡车更加智能化，品质比肩欧洲顶尖高端重卡。

　　2018年11月30日，第700万辆解放卡车下线。七代、700万，"解放"见证了中国汽车工业从无到有、从弱到强的翻天巨变，也见证了民族品牌从引进到创新、从跟随到领航，逐步迈向世界级品牌的崛起之路。

第一汽车制造厂内解放牌汽车生产线。
中国一汽党委宣传部提供

万人空巷看"解放"

于丰年，接受采访时 84 岁，首批 12 辆解放牌汽车下线仪式的司机之一

"转一转这黑黝黝的方向盘，摸一摸明亮亮的玻璃窗，看一看仪表上的中国字，按一按小喇叭呀清澈又嘹亮，这声音啊叫得我，眼发湿啊心发慌啊，脚乱动手乱忙……"

20世纪50年代，一首《老司机》的歌唱遍城乡。至今，想到第一批解放牌汽车，就想到了这首歌，它把那段历史唱进人的心里。

这首歌写的就是曾任一汽总装配厂汽车司机的马国范驾驶第一辆国产汽车的故事。

1956年，马国范已经开了20多年外国车，终于盼到了开中国自己制造的汽车。他当时的心情就跟歌里唱的一样，"盼星星盼月亮啊，盼得那个国产汽车真就出了厂"。

1956年7月13日，马国范开着崭新的国产汽车行驶在厂内，走到哪里都是人山人海。人们看不够，都夸咱们自己的汽车好。"我们的汽车就是好。座位舒服，方向盘灵便，发动机的声音悦耳，刹车还是气闸呢。"马国范在日后的文章中写道。

"一路上人们把汽车围了里三层、外三层，都争着喊着要坐车。人们对汽车的感情太热烈了。"于丰年回忆，"车斗站满了人，脚踏板上也站上了人，连汽车翼子板上都坐上了人。"

第二天，于丰年一大早就来到厂里。解放汽车披红挂彩，车头上的大红花格外喜人。这一天，他们要驾驶汽车走街串巷，向全市人民报喜。"俺们这些司机中，有些结了婚的同志把结婚时穿的礼服都穿起来了。"于丰年说。

12辆车组成的一汽车队，浩浩荡荡直奔市内。"老司机"马国范开第一辆，于丰年开最后一辆。于丰年是当时驾驶第一批解放汽车中年龄最小的一位司机，年仅21岁。

"一路上红旗招展，锣鼓声、唢呐声、汽车喇叭声，欢声悦耳，路旁的群众排成了人墙。"在于丰年的记忆里，当时，五彩的纸花漫天飞舞，路时不时被人海给挡住了，连一丝缝都没有。汽车走不了，只好听维持秩序的同志指挥，用最慢的速度往前开。有很多人手里没有花，就拿着高粱、苞米、谷子往车上撒，来表达对国产车的深情。

于丰年说，报喜回来后，马国范跟大伙讲了开车时的心情，说路上不断有人送上羡慕的话："老司机，您开第一辆汽车真幸福啊！"马国范开第一辆汽车的心情和经历传扬出去，被写成了《老司机》这首歌。

驾驶第一批解放汽车的感受，同样成了于丰年一辈子的记忆。"开国产车前，开的是国外的那些卡车，换挡特别不顺。但是，老'解放'我开起来很多方面都很自如，换挡一下就换过去了。"

于丰年认为，老"解放"设计时充分考虑了国人的习惯，这也是它能够盛行那么久的原因。

生产第一辆汽车，自制的汽车零件有2335种，光各种工装、非标图纸就达10多万张，描图员就有100多人。"当时，我们就是在一穷二白的艰苦条件下起步的。"于丰年说。

第一辆解放牌汽车也是中国生产的第一款卡车，绿皮，汽车的"鼻尖"上顶着"解放"两个字，载重4吨。

"当时奔驰在马路上的汽车，每两辆就有一辆是解放牌。"据老一汽人回忆。直至1986年停产，第一代解放汽车共制造了1281502辆。这个数字几乎是当时全国汽车产量的一半。

我国第一辆汽车降生的时候，那清脆的喇叭声，震动了成千上万国人的心。一汽工人被眼前热烈场面所感染，兴致勃勃地凑起一副对联："举国翘盼尽早建成汽车厂，万人空巷人民争看解放牌。"

（祝大伟采访整理）

1956年7月14日，职工欢呼第一批解放车出厂。中国一汽党委宣传部提供

参观贴士 ≫≫≫≫≫≫≫≫≫≫≫≫≫≫≫≫≫≫≫

一汽厂内的"第一代解放卡车"1∶1铜雕纪念碑
中国一汽党委宣传部提供

目前，解放长春基地厂区一隅陈放着一辆辆解放汽车。1956年到2016年，历代解放主要车型整齐列阵。

在长春市东风大街一汽厂区的门口，矗立着第一批解放汽车1∶1铜雕纪念碑。1956年7月14日第一批下线的12辆汽车中，目前仅存的一辆还保留在一汽的厂区内。

一汽"解放"被誉为共和国汽车业的"摇篮"。"解放"，是一台卡车的名字，也是民族汽车品牌的一面旗帜。

2018年4月，一汽"解放"发布了包括自动驾驶、智能编队、无人环卫、港口智能车等在内的系列智能车产品及技术，"解放"将从单一的商用车制造者转变为智慧交通运输解决方案提供者。2019年，"解放"产品出口80多个国家和地区。

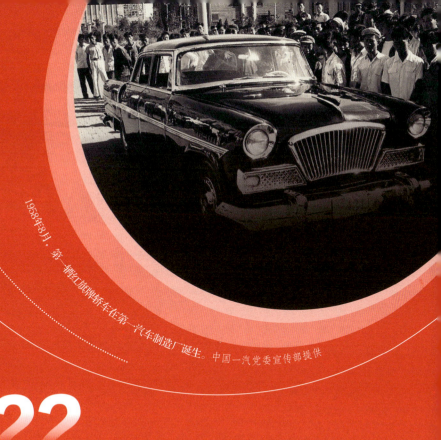

1958年8月，第一辆红旗牌轿车在第一汽车制造厂诞生。中国一汽党委宣传部提供

22

┃第一辆高级轿车

　　2019年，我国私人汽车拥有量超过1.8亿辆。中国汽车工业从无到有的发展历程，少不了民族品牌红旗轿车的故事。

　　1958年5月12日，长春第一汽车制造厂成功研制出新中国第一辆小轿车——东风轿车。"东风"属于中级轿车，无法满足国家对高级轿车的需求。于是，一汽决定试制高级轿车。随后，"乘'东风'，展'红旗'"的口号，在一汽全厂叫响。

　　1958年8月1日，仅用33天，新中国第一辆高级轿车在第一汽车制造厂试制成功，并在次日的命名仪式上正式命名为"红旗"。

　　"红旗"从此成为中国民族轿车的开端，并蜚声海外，被意大利国际著名造型大师誉为"东方艺术与汽车工业技术结合的典范"。

红旗轿车的美丽传奇

韩玉麟，接受采访时 90 岁，原第一汽车制造厂副厂长、总工程师

加快试制红旗高级轿车，对一汽人来说是激昂的大事。2019年，已经90岁的韩玉麟向记者讲述了那段争分夺秒的日子。

参照国外样车，从实际出发，时任厂长饶斌提出了轿车试制以"仿造为主，适当改造"为方针。在副厂长兼副总工程师孟少农的具体领导下，首先确定了产品设计方案。

红旗车的设计上要体现民族特色。当时，还是冲压车间冲压工的程正被派去参与设计，这个问题曾令他辗转反侧。"我不希望我的造型跟外国车像。"他在回忆文章里这样说。"什么东西咱们用，外国人不用。"程正准备在这样的东西上做文章。做车头的时候，他想到了中国独有的扇子，扇面形状跟汽车前脸进风口很类似，何不把扇面元素搬上去呢？最终，这一设计方案被选中。

缺少工具是制造环节的一大难题，厂里直接"张榜招贤"，将一辆克莱斯勒牌轿车拆散，2000多个零件摆在台子上，谁觉得自己能做，便把零件拿走。

休人不休班，24小时连轴转。1958年，厂子里天天有攻关得胜的消息。7月24

日，一汽自行设计的V型8缸汽油发动机，前后仅用20多天试制成功；在没有图纸资料的情况下，一汽工人们发挥敢想敢干的精神，奋战10昼夜，制造出发动机汽缸体和汽缸盖的木模；奋战8昼夜，经过20次浇铸，拿出合格的汽缸体。

总工程师孟少农在检查"红旗"发动机运转情况。
中国一汽党委宣传部提供

8月1日，红旗牌高级轿车诞生。流线型车身，通体黑色，装有V型8缸发动机，最大功率200匹马力，最高车速每小时185公里。该车采用了扇面形状作为水箱面罩，两边附有带梅花窗格式的转向灯装饰板，保险杠防撞块为云头形，发动机罩前端是一个迎风飘扬的红旗标志，尾灯宫灯造型，轮胎装饰罩的造型吸纳传统的云纹元素，内外装饰富有民族风格。

1959年初，红旗轿车被定为新中国成立10周年国庆献礼。厂里为确保红旗轿车赶快上马，决定停止生产东风小轿车。

进入生产准备阶段，时间紧，担子重。为了解决产品质量问题，一汽组织了323个攻关突击队，其中全厂性重点突击队32个。

许多问题都是国内无人碰过的技术难题，如发动机液压挺杆，开始试制出的产品在发动机高速运行中只有2分钟寿命。以技术工人李刚为首的液压挺杆突击队，集中了设计、工艺、加工和试制试验等各方面专业人员150多人。他们一边研究有关文献、分析国外样品，一边提方案搞试验，试用了几十种不同的材料，最后选定合金铸铁，在淬火工艺上做了42次试验，确定淬火时间和淬火温度，使最后制成的液压挺杆经受住了400小时的台架试验。

1959年9月，经过质量攻关活动，一汽首批30余辆红旗高级轿车和两辆检阅车被送往北京。新中国成立10周年那天，两辆红旗检阅车用于检阅陆、海、空三军，同时6辆"红旗"列队进入游行队伍中，接受检阅。

1965年，一汽完成"红旗"第一辆换代产品CA770样车。1965年9月，红旗三排座高级轿车试制成功并投产，首批20辆送抵北京。红旗高级轿车成为新中国国家级礼宾车。1988年后，一汽制造了面向大众的小红旗轿车。

历经一甲子，"红旗"的传奇和魅力不减。2018年北京国际车展，"红旗家族"首次独立参加展会，H5车型、概念车、智能驾驶舱等七款产品集中亮相。

（祝大伟采访整理）

第一辆红旗轿车的装配现场。中国一汽党委宣传部提供

参观贴士 >>>>>>>>>>>>>>>>>>>>>>>>>>>>>>>>>>>>

红旗文化展馆坐落于长春市一汽生产基地。展馆陈列着各个时代的红旗轿车，如 1959 年为国庆 10 周年研制的敞篷检阅车 CA72 红旗轿车，红旗 CA770 三排座轿车，国家领导人乘坐的专车红旗 CA772 保险车，国庆 35 周年阅兵乘坐的红旗 CA770TJ 特种检阅车和历年国庆检阅用车等，讲述了红旗轿车从诞生到停产再到复兴的不凡历程。

展馆还保存着仅存的一辆东风轿车，当年共生产出 30 辆。该车整个车身制造和各种钣金件加工，几乎都是按照图纸手工敲打出来的。

北京汽车博物馆、北京老爷车博物馆、上海汽车博物馆、成都三和老爷车博物馆、哈尔滨世纪汽车博物馆、大连老式汽车博物馆等，也有老"红旗"的身影。

目前，个人手中各种型号的老红旗轿车大约 100 余辆，已成为中外车迷争相求购的珍品。更加现代、智能的红旗轿车已经走向市场，走进普通家庭之中。

1990年9月1日，中国大陆兴建最早的高速公路——沈大高速正式通车，全长375公里。
辽宁省交通投资集团建设管理公司提供

23

兴建最早的高速公路

　　截至2019年，我国高速公路总里程突破14万公里，重大节假日免费通行。而曾经，要不要修建高速公路都是个问题。

　　辽宁省沈阳至大连高速公路（沈大高速公路），双向四车道，设计行车速度120公里每小时，是中国大陆兴建最早的高速公路，其贯通打通了当时辽宁经济发展的"任督二脉"，被誉为"神州第一路"。

沈大高速公路改扩建工程路面施工。 辽宁省交通投资集团建设管理公司提供

双脚丈量出第一路

薛景为，接受采访时64岁，教授级高级工程师，沈大高速公路设计者。

改革开放后，高速公路的概念走进中国建设者的视野。

"这条路到底要不要建，却是我们遇到的第一道难题。"作为设计者之一，对当年披星戴月的建设历程，教授级高级工程师薛景为仍历历在目。

"矛盾集中在两点：要不要建，建好了没有人走咋办。"薛景为说。30多年以前，"高速公路"还是个生僻词。"建设成本高，走路还要交钱，很多人担忧，修路成本无法收回。"

20世纪80年代初，辽宁工业快速发展，但沈阳至大连的公路行车时速平均还不到30公里。车多路窄，人车混行，无法满足交通运输需求的公路制约经济发展。面对交通运输业的刚性需求和当时的经济形势，沈阳至大连高速公路项目还是上马了。

经过国内外考察和专家论证，上报交通部审查批准，1983年，沈大高速公路正式立项。1984年6月27日，沈大高速公路终于正式开工。

艰苦，是薛景为提到最多的词儿。"设计图是一步一步量出来的。先在1∶10000的图纸上选线，然后到现场沿着选定的线路，用钢尺100米接100米地测量。"

"光学仪器要小心伺候，就像抱婴儿一样，生怕磕了碰了；农田更要小心对待，测量只能在冬季进行。零下三十几摄氏度，冻得脚后跟儿都不知道是谁的了。"

野外勘测后，计算工具欠缺的难题又摆上了桌面。"只有主任工程师才能用上高级计算器，普通的计算器人手不足一个，有人只能用算盘。"

双向四车道的建设标准和120公里每小时的设计行车速度，也对摊铺沥青路面提出了更高要求。

虽然此前有论证，但路修好后，会有人为走高速买单吗？薛景为心里没底。"通车的头几天，只是偶尔有货车上来开一段。"

但一位货车司机的往返账单，让薛景为悬着的心落了地。"从鲅鱼圈到沈阳，单程200多公里，走普通公路往返一次需要一昼夜。而走高速的话，尽管增加了通行费用，但车辆周转效率提高50%以上。"

经过6年零2个月的施工，1990年9月1日，全程375公里的沈大高速公路全线通车，日通车能力可达到5万辆，年货运能力8000万吨，客运能力1.3亿人次。1990年，沈大高速公路的车流量为142万台次，到2000年时已增加至5714万台次。

随着车流量不断增大，2004年改扩建工程竣工，沈大高速公路又成为全国第一条八车道的高速公路。

截至2019年，辽宁全省已有高速公路27条，总里程4331公里。

（辛阳、胡婧怡采访整理）

参观贴士 >>>>>>>>>>>>>>>>>>>>>>>>>>>>>>>>>>>

扩建后的沈大高速公路。
辽宁省交通投资集团建设管理公司提供

在沈大高速公路开通试运营后的第六天，位于沈大高速大连方向 36.4 公里处的井泉服务区正式投入运营。当时的服务区功能单一，只能提供基本的就餐、如厕、加油服务。

2017 年 11 月 30 日，升级改造后的井泉服务区成为东北第一家开放式服务区商业综合体。在不影响高速公路交通秩序的前提下，服务区拆除了围栏，在后方新建了与 202 国道连通的停车场，实现了高速公路与普通公路并用服务区。改造后的服务区，集宴请、购物、休闲于一体，日均客流量近万人，高峰期达到 5 万人次。

1976年，第一根实用化光纤在武汉邮电科学研究院诞生。中国信科集团提供

24

第一根实用化光纤

光纤通信是利用光导纤维传输信号实现信息传递的一种通信方式，是二战以来最有意义的发明之一。没有光纤通信，就不会有今天的通信网络。

1976年，世界第一条民用光纤通信线路开通，人类通信进入"光速时代"。同一年，我国第一根实用化光纤在武汉邮电科学研究院诞生，大大缩短了我国在光通信领域与西方发达国家的差距，开启了我国光纤通信技术和产业发展的新纪元。

我用土法拉光纤

赵梓森，接受采访时 87 岁，中国光纤通信技术的主要奠基人，中国工程院院士

"光通信的优点是带宽，电通信最多一个 G，光通信是 10 的 15 次方赫兹，那是电通信的千倍万倍。"赵梓森说。二战结束后，世界各国都将光通信技术作为重点研究课题。20世纪60年代末，当时的武汉邮电学院（武汉邮电科学研究院的前身）承担国家科研项目"激光大气传输通信"。

"那时候，光通信的研究主要集中于利用大气作为传输介质。"当时负责这个项目的赵梓森还是学院的一名青年教师。

没有仪表设备等实验器材，赵梓森提出"土法上马"，采用太阳光做平行光源，将整个激光大气通

"武汉 · 中国光谷"地标建筑"马蹄莲"大楼。
武汉东湖高新区管委会提供

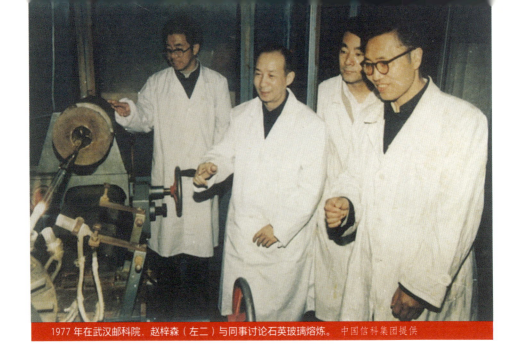

1977 年在武汉邮科院，赵梓森（左二）与同事讨论石英玻璃熔炼。 中国信科集团提供

信设备，搬到当时武汉市最高的建筑——六渡桥的水塔和水运工程学院的某高楼，传输有效距离从8米迅速提高到10公里，课题获得了成功。

全院上下都很高兴，赵梓森却高兴不起来。"下雨下雪，大气传输通信就'歇菜'，不能全天候。"要想获得更加稳定可靠的光传输通信，还得另寻他法。

一个偶然的机会，赵梓森听说美国在研究光纤通信，经过广泛地查阅和求证，他意识到这项技术的可行性和巨大潜力。1974年，他提交了《关于开展光导纤维研制工作的报告》。

消息一出，反对和质疑的声音不绝于耳。但赵梓森坚信自己的判断，他顶住各方压力，在一无技术、二无设备、三无人员的情况下开始技术攻关。

赵梓森争取到一些资金，搭建了简易的实验室，请几位年轻同事做帮手。一台废旧车床，再加上几盘电炉、几只烧瓶，就成了当时的光纤拉制核心设备。

拉光纤首先要熔炼出合格的石英玻璃棒，这是一项危险的实验，稍有不慎还会引起爆炸。一次实验中，赵梓森不小心将四氯化硅液体喷进右眼，顿时眼睛剧痛，晕倒在地。同事们赶紧将其送进医院。到医院后，医生都愣住了，没见过这种情况。赵梓森告诉医生，用蒸馏水冲眼睛、打吊针。眼睛刚一消肿，赵梓森又

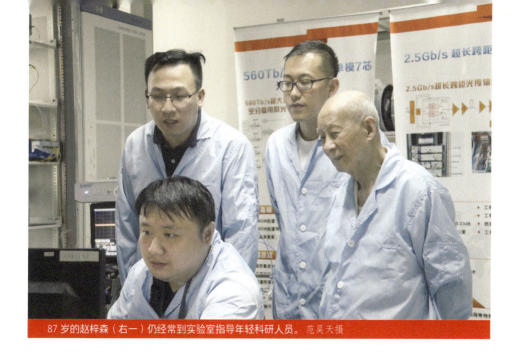

87岁的赵梓森（右一）仍经常到实验室指导年轻科研人员。范昊天摄

回到了实验室。

就是在这种艰苦条件下，经过近3年的努力，赵梓森团队硬是用酒精灯、氧气、四氯化硅等最基础的原料拉制出我国第一根实用化光纤。

在1977年邮电部举办的展览会上，赵梓森展示了自行研制的光纤传输黑白电视信号，引起相关部门的重视。光纤通信因此被破格列为国家重点攻关项目。我国的光纤通信技术发展从此迈入了快车道。

1981年9月，国家立项"八二工程"，即在武汉建设中国第一条实用化的光纤通信线路，用光纤连通武汉三镇。赵梓森负责后台指挥。

由于光纤线路需要横跨长江、汉江，运输距离长，难免发生意外出现断裂。"有些断点十分隐蔽，查找困难。"赵梓森至今还记得当初无数次在半夜被叫起来，赶往几十公里外修光纤的日子。

1982年12月31日，我国第一个光纤通信系统工程——"八二工程"按期开通，武汉市民可以通过光纤打电话，开创了我国通信新纪元。

直到采访时，87岁的赵梓森仍一直关注着中国光纤通信发展的点点滴滴。"'八二工程'全长13.3公里，速率达每秒8.448米，传输120路电话；现在我们的技术已经可以实现一根光纤上近300亿人同时通话，1秒之内传输约130块1TB硬盘所存储的数据。"赵梓森表示，未来，我国将朝着实现"超大容量、超长距离、超高速率"光通信技术目标不断迈进。

（范昊天采访整理）

知 ━━━━━━ 识 ━━━━━━ 链 ━━━━━━ 接

从第一根光纤到超大容量传输 ///

1976年，武汉邮科院诞生我国第一根光纤。

1998年，全国"八纵八横"格状形光缆骨干网提前两年建成，网络覆盖全国省会以上城市和70%地市，全国长途光缆达到20万公里。我国形成以光缆为主、卫星和数字微波为辅的长途骨干网络。

2006年，中国、美国、韩国六大运营商在北京签署协议，共同出资5亿美元修建中国和美国之间首个兆兆级海底光缆系统——跨太平洋直达光缆系统。

2019年，科研人员在国内首次实现1.06P/s超大容量波分复用及空分复用的光传输系统实验，可以实现一根光纤上近300亿人同时通话。

1956年国庆，克拉玛依油田职工车队在天安门前接受检阅。
中国石油天然气集团有限公司新疆油田分公司提供

25

第一批大型油田

发现第一个大油田——克拉玛依油田

新中国成立初期，按照"油在西北"的传统观念和掌握的有限资料，新疆石油工业被寄予厚望。1955年，第六次全国石油勘探会议作出挺进黑油山、钻探一号井的决定。

1955年10月29日，克拉玛依一号井喷出工业油流，宣告发现新中国第一个大油田，成为新中国石油工业发展史上的一座里程碑。1958年，克拉玛依油田进入正式开发阶段，各民族石油工人在戈壁滩上忘我奉献。同年，国务院正式批准建立克拉玛依市。1959年，克拉玛依油田的原油产量成为全国之最，是大庆油田发现之前全国最大的石油生产基地。

饮着雪水，探戈壁黑金

张福善，接受采访时95岁，原新疆石油管理局独山子井架安装部工人，曾带队安装一号井井架

克拉玛依有那么多美丽的地方，但张福善老人唯独钟情一号井。

1955年3月2日，被大雪覆盖的戈壁滩上，一辆嘎斯汽车从独山子出发，艰难地向着黑油山方向行进。那是张福善带领的7人井架安装小分队，正去往160多公里外的黑油山，为安装第一座井架做先期准备工作。时隔60余年，他仍然记得另外6个人的名字：苟玉林、安德烈、沙因、苏莱曼、卡德尔、阿不力孜。

一路上，7级西北风加漫天大雪，逼向敞篷卡车上的人们。"我们穿着毡筒、老羊皮袄子，蜷缩着挤在车厢的一角。谁都不说话，除了怒吼的风雪声还是风雪声。哭声打破了沉寂，一个年纪小的同事被冻得哭出了声。"张福善说。

就这样颠簸着，一行人到了黑油山。黑油山的风雪更大，狂风裹挟着雪粒，呼号着向他们袭来，一阵阵往脖子里钻，他们连头都不敢抬。好不容易找到住的地方，一看，心更凉了。"就一个小土屋和一个梭梭柴地窝子，我和苟玉林住地窝子，剩下5人住小土屋。"

张福善和苟玉林用随身带来的一块毛毡把门堵住便睡下了，第二天早晨却怎么也推不开门。原来是积雪把门堵上了。外面的人将积雪扒开，才硬把他俩拉了出去。

早饭，只有冻得硬邦邦的干馕。水，是大家到屋外拿饭盆舀雪化成的。这是他们在黑油山脚下吃的第一顿早餐。

吃完早饭，张福善和队友们出门找井位。雪太厚，前期勘探的人留下的标记早已没了踪影，几个人在茫茫雪地和梭梭林里穿梭着。

傍晚，张福善和队友们终于找到了一号井井位，他们马上开始卸材料、平整井场，为安装井架做准备。黑油山离一号井有六七公里路，每天早出晚归，全靠步行。"一个多月的准备时间里，一天三顿雪水、干馕和方块砂糖，最开心的就是偶尔晚上能吃上一顿热乎乎的汤面条。"张福善说。

1955年，人们欢呼庆祝克拉玛依一号井出油。中国石油天然气集团有限公司新疆油田分公司提供

张福善一行孤军奋战近两个月后，1955年4月下旬，一号井井架终于安装完毕，他们准备返回独山子。但安装好的井架和材料需要有人留守看护，沙因主动请缨留了下来。4月29日，将所有干馕和剩下的半袋面粉留给沙因后，张福善和其他5人搭车返回独山子。

一个人留在茫茫戈壁滩，光有胆量和勇气是不够的。张福善再次返回黑油山时已是20多天后。这段日子，沙因为了躲避狼和野猪，夜晚只好爬到高高的井架上睡觉。

6月15日，独山子矿务局派出由8个民族36人组成的1219青年钻井队，由陆铭宝和艾山·卡日带队，在黑油山安营扎寨。1955年10月29日，克拉玛依一号井喷出原油。"井场上沸腾起来了。有的高喊，有的跳跃，有的舞蹈，有的大笑。"张福善回忆。

此后，张福善常年奔波在黑油山的戈壁大漠之中，2号井、22号井、23号井……在张福善和许许多多石油人的手中，一座座井架拔地而起，一座现代化的石油城应运而生。"那真是翻天覆地。过去，戈壁沙漠连个人也没有，见得最多的就是黄羊；现在呢，楼上楼下，电灯电话，现代化了。"

（李亚楠采访整理）

参观贴士 >>>>>>>>>>>>>>>>>>>>>>>>>>>>>>>>>>>>>>

克拉玛依油泡雕塑群。
中国石油天然气集团有限公司新疆油田分公司提供

克一号井采油树。
李亚楠摄

克拉玛依一号井位于克拉玛依市中心，已被建为克拉玛依市标志性的景观。克一号井采油树上方的不锈钢雕塑群，高的十几米，矮的不到1米，造型好似黑油山油池汩汩涌出的油泡。

在白碱滩区与克拉玛依区的连接处，有一片始建于1964年的窑洞群，称为101窑洞房。这是克拉玛依目前唯一一处保存完好的油田开发初期职工居所，建筑面积8886平方米，内有藏品298件。

窑洞外观。
李亚楠摄

窑洞内部还原。
李亚楠摄

大庆油田油井。 大庆油田历史陈列馆提供（赵永安摄）

打破"中国贫油论"——大庆油田

　　1958年2月，党中央作出石油勘探战略东移的重大决策。1959年9月26日，松基三井（松辽平原第三口基准井。编者注）喜喷工业油流，标志着一个世界级特大型陆上砂岩油田的诞生，大庆油田被发现。

　　1960年，石油大会战轰轰烈烈地展开。"有条件要上，没有条件创造条件也要上。"以铁人王进喜为代表的老一辈石油人，在极其艰苦的条件下仅用三年半时间就拿下了大油田，从根本上改变了中国石油工业的面貌。

　　大庆油田是世界上为数不多的特大型砂岩油田、非均质多油层油田，其发现和开发丰富发展了石油地质学理论。大庆油田开发建设过程中形成的管理模式，为探索中国特色的工业化道路提供了实践基础和宝贵经验。

莫看毛头小伙子，敢笑天下第一流

王启民，接受采访时 82 岁，大庆油田有限责任公司原总经理助理、副总地质师，被党中央、国务院授予"改革先锋"称号，被誉为"科技兴油保稳产的大庆'新铁人'"

说起当年那场轰轰烈烈的石油大会战，王启民快乐得像个孩子，他说："那是我初心开始的地方。"

"那时说中国是贫油国，大家以为报国无门了。"在北京石油学院石油地质专业读书的王启民看着同学们纷纷转行，决定再等等。"结果突然就等来了好消息，东北发现大油田。"这是无数石油人报国梦想的开始。

1959 年，数万热血青年响应党中央的号召，涌向辽阔的松嫩平原。1960 年 4 月，王启民也打点行囊奔赴北大荒，开始了一年的实习。

春末夏初的北大荒是一望无际的荒原，茅草屋稀稀拉拉。王启民和一名烧锅炉的工人住在一个水泡子旁的锅炉房里。"晚上有狼叫，开会回来晚了都得带木棒。"

到了冬天，给油井保温和清蜡是最重要的任务。

"冬季油井结蜡严重，有时需要四班倒清蜡，只能用笨重的绞车，一不小心刮蜡片就掉进去了。"王启民边说边用手比画着，仿佛又回到当年，"没办法就憋井，

大庆油田编制第一个开发方案。 大庆油田历史陈列馆提供

让油的压力把刮蜡片顶出来，我们顶着油毡纸冲到井口旁去取，再把井场的油清理干净。"

"会战年代，困难特别多。"王启民还记得那时测量油井产量，池子里有一股子油、一股子气，很难量准。王启民和工人们七嘴八舌讨论许久，想出了办法：把一根打好孔的大铁管子放在池子里，里面的油波动变小，测量就更准确了。

这困难，那矛盾，国家缺油才是最大的困难。几万名职工住地窨子，吃窝窝头，日晒雨淋，爬冰卧雪，忘我拼搏为国家多找油、多拿油。波澜壮阔的石油会战深深吸引了王启民，毕业后的他重返大庆，成为油田科技战线的一员。

"那时油田开展十大试验，我是观察试验总站的观察员，每天白天跑各个观察点，晚上回来集中讨论、写简报、刻蜡版，送到领导手里时常常已经天亮。"正是那段经历，让王启民对油田开发了解更深，信心也更强。

当时，开发非均质多油层大型陆相砂岩油田在国内尚无成功先例。外国专家断言，中国靠自己的力量开发不了这么复杂的油田。他们甚至挖苦说，凝固点、含蜡量这么高，除非搬到赤道上去开采。

"当时我们搞油田开发工作的年轻人学'铁人'，写了一副对联贴在干打垒的门上：'莫看毛头小伙子，敢笑天下第一流'，横批是'闯将在此'。"这一闯，就是半个多世纪。王启民和一代又一代油田开发科技人员用实际行动践行了"我为祖国献石油"的誓言。

大庆油田首车原油外运。 大庆油田历史陈列馆提供

　　到1963年底，大庆油田结束试验性开发，年产原油达400多万吨。随后开始全面开发建设，原油产量高速增长，到1976年实现年产5000万吨。此后到2002年，实现5000万吨以上连续27年高产稳产。截至2019年，大庆油田累计生产原油突破23.9亿吨，油气当量仍保持4000万吨以上，创造了世界同类型油田开发史上的奇迹。

（刘梦丹、方圆、柯仲甲采访整理）

参观贴士 >>>>>>>>>>>>>>>>>>>>>>>>>>>>>>>>>>>>

　　来到大庆，带有石油味的展馆不可错过，分别是大庆油田历史陈列馆、大庆油田科技馆和铁人王进喜纪念馆。

　　大庆油田历史陈列馆位于中七路32号，原为大庆石油会战指挥部所在地，是中国第一个以石油工业为题材的原址性纪念馆。踏上用铜板铺就的"大庆之路"，游客可尽览大庆油田发展历程。

　　进入世纪大道中原路，大庆油田科技馆映入眼帘。这座反映石油科技发展历程的大型现代化专业展馆，展示了大庆油田的辉煌历史，并将石油科学和生产技术形象展现，让游客遨游在科技的海洋。

　　铁人王进喜纪念馆是为纪念中国工人阶级的先锋战士王进喜而建立。馆内，人拉肩扛运钻机、破冰取水保开钻、用身体搅拌泥浆等情景再现，展示了当年的生产场景和铁人精神。

新中国自行设计建造的第一座大型水电站——新安江水电站。
国网新源新安江水电厂提供（谢以农 摄）

26

第一座自行设计建造的大型水电站

新安江系钱塘江干流，发源于安徽省休宁县西部，流经安徽休宁、黄山、歙县和浙江淳安、建德等县市，最后注入富春江，滩多流急。

新中国成立后，随着国民经济的恢复和发展，长江三角洲地区电力供需矛盾日趋突出，亟须发展区域性大电站和电力系统。

经过水力资源勘测调查、电站选址等工作，1956年6月，国务院批准将新安江水电站建设列入第一个五年计划。1957年4月1日，新安江水电站主体工程正式动工。1960年4月22日，第一台7.25万千瓦水轮发电机组投产，向浙西地区110千伏系统送电；同年9月26日，并入"新—杭—沪"220千伏系统向华东电网送电。这是新中国自行设计、建造的第一座大型水电站。

新安江水电站是中国水利电力事业史上的一座丰碑，至今仍发挥着发电、防洪灌溉、航运交通、水土保持、风景旅游等多种经济、生态和社会效益。

新安江水电站建设现场。国网新源新安江水电厂提供（徐欣葆摄）

开发新安江，在我们这一代实现了

项传发，新安江水电站原副厂长，曾参与新安江水电站的建设、管理

1956年11月，时任浙江省委办公厅机要处秘书的项传发接到一纸调令，内容大概是，"有项大工程要建设，需要人，好好干"。

项传发得知项目是开发新安江后激动得辗转难眠。"建水电站以前，我们这里常常有山洪，下游的淳安和建德两县几乎年年受洪水危害。"作为土生土长的淳安人，项传发自小对洪灾记忆深刻。"新安江水电站建成后的30年里，拦蓄大小洪水70多次，大大减轻了下游地区的洪灾。开发新安江，在我们这一代实现了！这是国家的战略决策，也是新安江两岸人民的追求和梦想！"

项传发说："那时，建筑工地还是一片荒滩，工人们正在建房，山坡滩边搭建着一栋栋草棚竹屋。一切才刚起步，没有职工宿舍，没有澡堂，没有商店，有的工人还要借住到附近老百姓家里。"

工程师、技术员、土建工程队、开挖工人、浇筑工人、汽车司机……随着各路人才从各地涌入，建设大军很快扩展到1万多人，食堂、住房、商店陆续建立，一线建设全面推开。

新安江水电站建设现场。国网新源新安江水电厂提供（徐欣葆摄）

　　"当时的工业基础十分落后，建设条件也苦得很。初期，石料搬运都要靠肩挑背扛。"项传发说，"我被分配到电站机要处，但为了响应开工誓师大会上那句'苦战3年，为争取1960年发电而奋斗'的号召，全局1/3的机关干部也分赴生产第一线，工地掀起'班班不欠账、日日争超额'的劳动竞赛热潮。"项传发也自告奋勇地上了工地，被分配在一个浇捣队。

　　大家居住的竹屋阴暗潮湿，住久了，床底下会蹿出毛笋，鞋子搁地上会长出蘑菇。为了确保工程进度，工地实行三班倒，发电站员工吃、住几乎都在工地上解决。

　　施工环境的恶劣没有吓住建设者，但贫乏的施工资源和糟糕的交通条件倒是常常困扰着建设者。特别是在1959年上半年，因对火山灰水泥使用把关不严，一处坝段发生混凝土质量事故；连续降雨，洪水冲击施工中的围堰及坝段；左岸坝头突然塌方，20多万立方米碎石填满了施工中的左岸基坑。"看着无数个日夜的劳

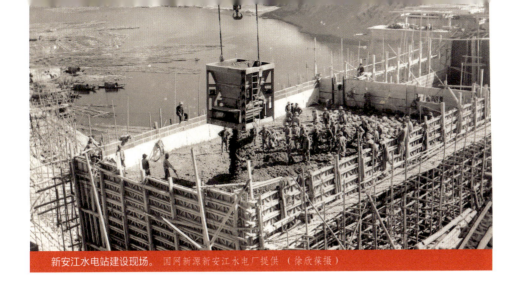

新安江水电站建设现场。 国网新源新安江水电厂提供 （徐欣葆摄）

动成果被毁，大家心里都非常难过，心里多少有些担忧。"项传发说，原本热火朝天的工地一下暗淡了不少。

不能放弃！工程党委会同技术专家赶赴省里，向省委领导递交了一份"情况报告"。4月9日，周恩来总理亲临工地视察，并写下了激动人心的题词："为我国第一座自己设计和自制设备的大型水力发电站的胜利建设而欢呼！"这大大鼓舞了建设者们的斗志。

1960年4月22日，第一台7.25万千瓦水轮发电机组正式投产发电；1965年整个工程胜利竣工，新安江水电站成为我国第一座自己设计、自己制造和自制设备的大型水力发电站。

2019年9月，千岛湖（原新安江水库）配供水工程建成通水，来自千岛湖的清泉，流入杭州的千家万户。

项传发说，新安江水电站给世人留下了一笔宝贵的财富，它的故事将一直延续。

（方敏采访整理）

参观贴士 ＞＞＞＞＞＞＞＞＞＞＞＞＞＞＞＞＞＞＞＞＞＞＞＞＞＞＞

新安江水电站发电厂房。
国网新源新安江水电厂提供

新安江水电站位于浙江省建德市新安江镇以西6公里的紫金滩，在门口售票处购票后即可参观电站景区。新安江水电站是重点防恐安保单位，游客参观时应严格遵守相关管理规定。

长江干流第一座大型水利枢纽工程葛洲坝全景。葛洲坝集团提供

27

长江干流第一座大型水利枢纽工程

长江三峡段是建设大型水利枢纽工程的理想地点。20世纪50年代开始，国家就着手在三峡一带开展工程勘测。1970年，为了缓解华中地区工业用电紧缺，中央决定先建设葛洲坝水利枢纽工程，作为三峡工程的试验坝。

葛洲坝工程奠基于20世纪70年代初，竣工于80年代末，是长江干流上第一座大型水利枢纽工程。

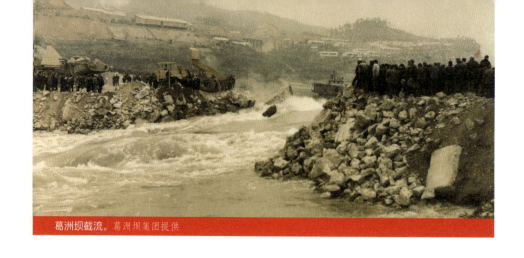

葛洲坝截流。葛洲坝集团提供

截断急流的葛洲坝

孔祥千，接受采访时 90 岁，葛洲坝集团原总工程师

"葛洲坝工程是三峡工程的反调节水库，可对三峡工程因调洪下泄不均匀流量起反调节作用，本来应该在三峡工程之后或同时进行。"孔祥千回忆，但受限于技术条件，三峡工程迟迟没有开工。

长江出三峡峡谷后，水流由东急转向南，江面由390米突然扩宽到坝址处的2200米。由于泥沙沉积，在江面上形成葛洲坝、西坝两岛，把长江分为大江、二江和三江。葛洲坝水利枢纽工程需要横跨这两岛三江。

"在当时的条件下，在长江上建坝面临航道泥沙、大江截流、地基等诸多难题。"孔祥千说，长江平均每年通过葛洲坝水利枢纽的泥沙达5.21亿吨，若有1/10淤积在坝前航道口区域，便会使整个航道淤塞，长江断航。工程技术人员通过缩小比例模型来模拟这一带的地形及水流变化，反复试验后决定，采用"一体两翼"的格局，按照"静水通航，动水冲沙"的思路，解决泄洪、排沙问题。

大江截流是工程施工人员面临的又一难题。"长江上每秒水流量达数千立方米，截断长江急流，这在世界上都没有先例。"孔祥千说。

如今已年逾古稀的李名章，1970年底调到葛洲坝工程局，曾担任葛洲坝集团截流副指挥长。"最初施工设备很差，修围堰都是靠人力肩挑背扛，通过老式翻土车来运输。"李名章说。

工程人员创造性地运用了"单戗立堵"［以抛投材料方式（立堵），由龙口一端向另一端填筑戗堤（单戗），逐渐束窄龙口直至合龙。编者注］的方法，数万军民齐心协力，仅用36个小时便完成截流合龙。

1981年1月4日19时53分，当运载卡车抛投下最后一车石料，葛洲坝大江截流顺利完成，两岸建设者一齐欢呼起来。同年12月，葛洲坝二江电厂一、二号机组正式投入运行，葛洲坝一期工程正式完工。

"葛洲坝工程整个工期耗时近20年，见证了跨时代的变革。随着设备和技术的改善，施工也从依靠人力转变成机械化。"孔祥千说，相比一期工程，二期工程就快了很多。1989年1月，葛洲坝水利枢纽工程全部建成。

葛洲坝的建设、截流及全部机电设备安装调试均由中国自主完成，为三峡工程的建设做了实战上的准备。1994年12月，在葛洲坝上游38公里处，长江三峡水利枢纽工程开工建设。

"如果说三峡工程是世界水电建设史上的标杆，葛洲坝工程则是中国水电迈向世界前沿的起点。"孔祥千说，葛洲坝电站装机容量271.5万千瓦，年发电量157亿千瓦时。截至2019年9月20日，葛洲坝累计发电5623亿千瓦时，三峡电站累计发电12617亿千瓦时。源源不断的清洁水电从这里输送到全国各地，让万家灯火更加璀璨。

（范昊天采访整理）

葛洲坝早期施工过程中的物料运输。葛洲坝集团提供

参观贴士 〉〉〉〉〉〉〉〉〉〉〉〉〉〉〉〉〉〉〉〉〉〉〉〉〉〉〉〉〉〉〉

葛洲坝分为葛洲坝公园和葛洲坝船闸景区。游客穿过葛洲坝公园，沿着螺旋阶梯向上便可到达坝顶附近，驱车前往4公里外的前坪康福山庄可观大坝全貌，或可在葛洲坝下游处乘船参观。

1991年12月15日0时15分，秦山核电30万千瓦核电机组并网发电，实现中国大陆核电"零的突破"图为我国大陆第一度核电并网瞬间。中核集团秦山核电提供（张录摄）

28

第一座自行设计建造的核电站

1970年2月，在听取上海严重缺电的情况汇报后，周恩来总理表示：从长远看，解决上海和华东地区的用电问题，要靠核电。随后，核电站建设工作启动。

1991年12月15日，我国第一座自行设计、自行建造的核电站——秦山核电站并网发电，实现中国大陆核电"零的突破"，使我国成为继美国、苏联、英国、法国、加拿大和瑞典之后第七个能够自主设计建造和运行核电站的国家。

秦山核电站是我国自行设计、自行建造、自行运行、自行管理的第一座原型压水堆核电站。秦山核电基地已建成9台机组，总装机容量666万千瓦，年发电量约520亿千瓦时，是目前我国核电机组数量最多、堆型品种最丰富的核电基地。秦山核电站还是我国核电人才的摇篮，对外输送技术管理人才3000多人。

秦山核电站，核工业的骄傲

于洪福，秦山核电厂第一任厂长

1982年4月，我到北京接受了新任务——参与筹备创建中国大陆第一座核电站。

这个事情对我来说很突然，我自己一点思想准备都没有。1964年10月，我从化工部大连化学工业公司调入二机部。在大西北工作生活了18年，接受新任务，我第一反应是，我是学化工的，核电站主要应用核堆工，我行吗？领导说，不会的你可以学嘛。这个事就这么定了。

说起来容易做起来难。秦山核电站是我们国家核电事业的开篇之作，主要面临两大关键问题。第一，20世纪80年代，国家百业待举，人才匮乏，与建设核电站相关的专

1985年3月20日，秦山核电站一期工程施工现场。
中核集团秦山核电提供

业人才不好找。第二，建设过程当中，项目管理主要内容、模式、程序、关键节点等，我们都不太清楚，没有经验可供借鉴。可以说秦山核电站的建成经历了数不清的磨炼。

秦山核电一期建设中，国家决定趁热打铁，上马秦山核电二期工程。1987年6月，牵头的任务又落在我头上。秦山二期的基调是"以我为主，中外合作"，就是以秦山一期模式为主，我们没有掌握的技术和设备制造，通过中外合作解决，能自己干的都自己干。

核电建设是庞大的系统工程，要把各方力量组织好、协调好、管理好绝不轻松。"玄机"可以概括为"三大真经"，即抓好"三大控制"：质量控制、进度控制、投资控制。秦山二期的"三大控制"我们都做得比较好。我个人觉得最突出的是投资控制。投资控制中设备投资又是关键，设备投资控制住了，投资的50%就控制住了。秦山二期最后的设备投资占总投资的46%，不要小看这4个百分点，那可是好多个亿的钱。

秦山核电站一期区域。中核集团秦山核电提供

我们核电的职工来自四面八方、五湖四海，大家克服了各种困难，完成了工作。

当时，有人把我戏称为秦山"于公"，这个称呼里面饱含着员工对我的敬重。但是我有自知之明，我认为我做的这一切是工作需要。秦山核电的建成，从中央到地方，各个部门、各个方面都作出了很大贡献，更重要的是所有参加核电建设的职工尽职尽责。我只是他们中的一员。

（蒋建科采访整理）

参观贴士 >>>>>>>>>>>>>>>>>>>>>>>>>>>>>>>>>>>>>>

中核集团方家山100万千瓦核电机组。中核集团秦山核电提供（夏建军摄）

秦山核电科技馆坐落于浙江省海盐县秦山街道"核电小镇"，于2017年9月19日开馆，向游客展示中国核电发展之路、核电原理与安全文化、核能基本原理知识等内容。

核电科技馆一层以"核能与发展"为主题，展示中国核电发展之路；二层以"核能与安全"为主题，展示核电原理与安全文化；三层以"核能与生活"为主题，展示核能基本原理及核能基础知识。

2018年，在原有"全国科普教育基地""全国青少年科技教育基地""全国工业旅游示范点"等称号的基础上，秦山核电又获得"全国核科普教育基地""首批核工业文化遗产""全国中小学研学实践教育基地"等称号，影响力和知名度进一步提升。

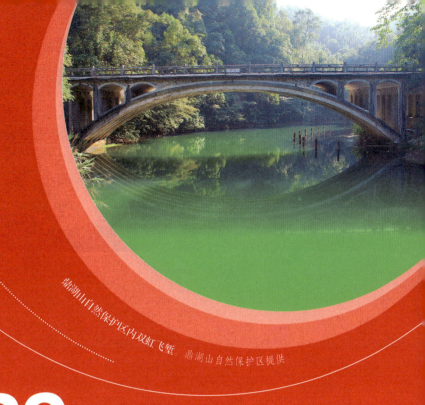

鼎湖山自然保护区内双虹飞堑。鼎湖山自然保护区提供

29

第一个自然保护区

自然保护区是中国版图上最美丽、最需要呵护的地域之一，国家级自然保护区又是我国自然保护区中的精华。

20世纪50年代，以时任全国人大代表、中国科学院学部委员、华南植物研究所第一任所长陈焕镛教授为代表的一批科学家发现鼎湖山动植物种类丰富，向上级积极争取设立保护区。

1956年6月30日，中国第一个自然保护区——广东鼎湖山国家级自然保护区建立。

1980年，鼎湖山自然保护区成为我国首批加入联合国教科文组织"人与生物圈保护区网"的成员之一。

鼎湖山保护区：保护"活的历史"

谢福七，鼎湖山自然保护区原防火护林队队长

1956年，广东鼎湖山国家级自然保护区成立。谢福七从高要林场来到保护区工作，承担防火护林的任务。当时全部工作人员不到20人。

"保护区建立初期，专家们一再强调，保护区内的所有物种都应受到完全保护，如果被破坏了，管理人员就是历史的罪人。"谢福七对此记忆深刻。

20世纪60至70年代，附近农民想进保护区打柴割草偷动物。谢福七和时任保护区管理处副主任的黄吉祥研究应对办法，在保护区内的重点路口24小时派人把守。

"那时，国家没有供应煤气，当地村民要割草，我们不让，矛盾很激烈。"有好几次大的矛盾，都被黄吉祥带领工作人员化解了。"老黄在抗日战争和解放战争时期立过大功，身上还有弹片，在当地很有威望。"

为了护林，谢福七也与人结下仇怨。"我不怕，我同他们讲道理，说我是共产党员，保护国家财产是正确的。"

说到防火，谢福七表示这项工作压力也很大。一个是鼎湖山上有座历史悠久的寺庙，护林队员必须把好关，把烧香限定在寺庙内；另一个是当地村民有重阳节一边登高一边放鞭炮的习俗，保护区建立后，禁止携带易燃物品上山。当地村民对此很不满，许多年后才适应过来。

谢福七回忆，有次紧邻保护区的森林发生大火，管理人员只得一级一级向上求援。最后信息竟然汇报到了日理万机的周恩来总理那里。周总理亲自打电话了解情况，并指示一定要确保鼎湖山不受火灾破坏。经过全力扑救，保护区总算没有受到波及。

"后来，老百姓明白了保护鼎湖山的重要性，会自发地去救火，也对我们说，感谢我们多年来的保护。"谢福七说，现在人们看到了保护大自然的必要性，生态保护意识提高了许多。

保护区不仅自身发展得好，其示范效应也辐射到周边。鼎湖山所在的肇庆市森林覆盖率达70.56%，是珠三角地区覆盖率最高的城市。因为环境好，鼎湖山吸引了大批游客，开放旅游以来，每年接待游客约60万人次。

除此以外，鼎湖山自然保护区还是重要的科研基地。1978年，这里建立生态系统定位研究站，长期开展水、土、气、生物等要素的定位监测和生态学方面的研究。至2018年底，利用鼎湖山研究发表的学术论文共1800多篇。

为了让这份活的历史保存下去，保护区管理局的工作人员付出了许多心血。2006年和2013年，保护区管理局两次被国务院七部委表彰为"全国自然保护区管理先进集体"。

"在这工作了30多年，为了护林，我把烟也戒了，保护鼎湖山比保护自己的牙齿、眼睛更用心。"虽然退休多年，谢福七回忆起与鼎湖山自然保护区共同成长的点点滴滴，仍然好似昨天，这份深情，早已埋在心里。

（姜晓丹采访整理）

知 识 链 接

国家公园与自然保护区

　　鼎湖山国家级自然保护区成立后，我国探索出了一条以自然保护区为主体的自然保护之路。党的十八大以来，我国开展国家公园体制试点，推动建立以国家公园为主体、自然保护区为基础、各类自然公园为补充的自然保护地体系，进一步加强生态文明建设。

　　国家公园与自然保护区有哪些区别和联系呢？

　　国家公园是指由国家批准设立并主导管理，边界清晰，以保护具有国家代表性的大面积自然生态系统为主要目的，实现自然资源科学保护和合理利用的特定陆地或海洋区域。

　　自然保护区是指对有代表性的自然生态系统、珍稀濒危野生动植物物种的天然集中分布区、有特殊意义的自然遗迹等保护对象，依法划出一定面积予以特殊保护和管理的陆地、陆地水体或者海域。从概念上看，这对自然保护领域的"孪生兄弟"大同小异，的确有不少相似之处。

　　但也有很多不同。与自然保护区相比，国家公园的特别之处主要体现在6个"更"，即更"高、大、上"，更"全、新、严"。更高，指的是国家代表性强，大部分区域处于自然生态系统的顶级状态，生态重要程度高、景观价值高、管理层级高；更大，指的是面积更大、景观尺度大，恢宏大气；更上，指的是更上档次，自上而下设立，统领自然保护地，代表国家名片，彰显中华形象；更全，指的是生态系统类型、功能齐全，生态过程完整，食物链完整；更新，指的是新的自然保护地形式、新的自然保护体制、新的生态保护理念；更严，指的是国家公园实行最严格保护、更规范的管理。

参观贴士 ≫≫≫≫≫≫≫≫≫≫≫≫≫≫≫≫≫≫≫≫≫≫≫≫≫≫≫≫≫≫

2018年鼎湖山宝鼎园、蝴蝶谷航拍
鼎湖山自然保护区提供（伍志锴摄）

鼎湖山国家级自然保护区拥有保存完好的南亚热带常绿阔叶林，为研究森林生态系统提供了理想的基地。目前，鼎湖山生物圈保护区分为核心区、缓冲区、试验区三个区，为了平衡保护与促进地方经济发展的关系，分别实行不同的管护措施，分区旅游开放。

鼎湖山景区内禁止外来车辆进入，但景区附近设有停车场。游客不能携带易燃易爆物品进入景区。参观游览时，须遵守秩序，不要拥挤打闹。遇到紧急情况，可联系工作人员。

张家界国家森林公园，中共张家界市委宣传部提供（龚朝阳摄）

30

第一个国家森林公园

  张家界国家森林公园由张家界国营林场发展而来。1958年到1982年，林场职工垦荒整地、除草育苗、植树造林，为一座座荒山披上了绿装。到20世纪80年代初，林场的森林覆盖率达到95%以上，森林蓄积量由1958年的约4万立方米增长到20万立方米左右。林场人的艰辛付出，为建设张家界国家森林公园奠定了生态基础。

  据原张家界国营林场职工刘世照回忆，1979年以前，由于路不通，林场"与世隔绝"。山外的大道通到山脚下，到林场还有12.5公里的距离。为此，省林业厅专门拨款56万元，用于修路。3个多月时间，一条4米多宽、双向通车的砂石路就建成了。

  1979年前后，媒体的推荐报道、吴冠中到此写生等，一次次向世界展示张家界林场的美，游客络绎不绝。

  1982年9月25日，全国第一个国家森林公园——张家界国家森林公园建立。

张家界国营林场的建设为国家森林公园的建立打下基础。张家界国家森林公园提供。

从种山林到种风景

张杰，张家界国家森林公园管理处原调研员，亲历张家界国家森林公园的建设发展

"三千奇峰、八百流水、十万森林，我们当地人称之为'放大的盆景，缩小的仙境'。"

"上世纪七八十年代，张家界国营林场森林资源丰富，名气逐渐打响，游客日益增多，为建设张家界国家森林公园做了很好的铺垫。"张杰说，在省林业厅的努力争取下，中央批准在张家界林场建设全国第一个国家森林公园。

张杰记得很清楚，自己来到林场工作后没多久，便收到了这一喜讯。

1982年8月，26岁的张杰从当地一所乡村中学调到林场办公室工作。9月的一天，省林业厅一名同志匆忙来到林场办公室，送来一份文件，"小张，时间紧，你赶快看一下文件，把它抄下来"。

"好嘞！"张杰认真仔细地把文件抄录下来，第一时间上报给林场领导。

"那时候没有复印机，上面下发的文件，都由我们办公室的同志手抄内容。"张杰回忆道，"我是林场第一个见到这份文件的人，文件共一页纸，是国务院委托国家计划委员会下发的，内容包括批准建设张家界国家森林公园、加强生态保护等。"

林场当时有120多名职工，大家长期封闭在山里，绝大多数人还是头一回听说"森林公园"，只觉得名字洋气时髦，可究竟会有何改变，心中也没啥概念。

"唯独一个林校毕业的副厂长格外激动，他对我们说：'这是好事情，我们向外打开山门了！'"张杰对他说的这句话印象很深，"好比'春色满园关不住'，我们从绿化荒山转型为森林旅游，将迎来大发展！"

建设国家森林公园，首先从机制体制上变革。1983年，张家界国家森林公园管理处正式成立。林场的牌子保留下来，纳入生产科。"我们虽是事业单位，但实行企业化管理，职责就是加强对张家界国家森林公园的管理、经营和保护。"

发展旅游，必须加强基础设施建设。张杰记得，上级共拨款996万元，重点解决通路、通电、通邮等问题。几年时间里，砂石路变成了柏油马路，过去每天限时供电变成24小时通电，与外界通电话也更加及时便捷。

"从看山员变成旅游从业者，我们的工作内容也发生了改变。要想提升公园的美誉度、知名度，吸引更多游客，还得做好宣传。"张杰说，过去的宣传方式比较简单。大家背着电影机和传单走出大山，前往省内外多个城市，进工厂、入校园，向外推广张家界国家森林公园。

"我们电影放映组一共3人，带着装电影机的小箱子和幕布，在长沙、怀化等城市放映。"他说，"电影名为《奇山揽胜》，时长40分钟。每一场都座无虚席，大家反响很好。"

开发加宣传，张家界国家森林公园的旅游设施日渐完善，游客成倍增长。据张杰回忆，1984年，公园接待游客共8万人次；到1988年，游客就达到了56万人次。

"世界各地的游客纷至沓来。毫不夸张地讲，一到旺季，一天24个小时都有游客不断到达。"他说。

当时，这里只有一家旅游饭店和林场招待所，满打满算也只能住下200多人。黄金周或是暑假，游客蜂拥而至，住不下怎么办？

管理处于是搭起了简易的帐篷和竹棚，里面摆上高低床，并动员职工把自己家的床位腾让出来给客人住。若是再住不下，就想办法把客人送到附近的农户家居住。"我们的宗旨就是保证所有客人有地住、不露宿。"他说。

为了提高接待能力，张家界陆续建成了金鞭岩饭店、张家界宾馆等几十家宾馆，大大小小的餐馆也蓬勃发展。

游客多了，环境是否承载得起？

据张杰介绍，张家界国家森林公园自建成以来，一直延续着国营林场时期的好传统，将生态环境保护放在首位。几十年来，公园实现了科学规划、统一管理、严格保护、永续利用，无山林火灾，无乱砍滥伐事件。

"无论是黄石寨，还是金鞭溪，游客现在看到的景致，依然是30多年前的样子，山清水秀林深。"他说。

为了减少污染，2000年左右，张家界宾馆等15家酒店宾馆的煤锅炉全被叫停。金鞭溪的上游建起了污水处理厂，酒店宾馆和老百姓家中排出的生活污水经过处理后，才能排入溪水中。景区的厕所外建起了技术先进的化粪池，粪污经过就地处理，能达到国家一级A类排放标准。

这些年，张家界国家森林公园蜚声海内外，不仅被列入《世界遗产名录》，还被列为世界地质公园，也是中国首批5A级旅游景区之一。张杰感到欣喜的同时，内心也有小小的愿望："希望张家界国家森林公园青山不老、绿水长流，永远福泽我们的子孙后代。"

（王云娜采访整理）

知○○○○○○○○识○○○○◉○○○链○○○○○○○○接

转型发展的森林公园 ////

森林公园大致分为国家级、省级和市县级，国家森林公园是其中的最高等级。

目前，国家森林公园呈现出转型发展、提质升级等趋势：破除以往重旅游开发、轻森林风景资源保护的观念，把绿色发展贯穿建设发展全过程；大力发展森林体验、森林康养、生态科普教育等新产品；着力完善国家森林公园外部交通网络和景区内基础设施，有效提升景区整体品质。

参观贴士 ≫≫≫≫≫≫≫≫≫≫≫≫≫≫≫≫≫≫≫≫≫≫≫

张家界国家森林公园一景
中共张家界市委宣传部提供（李刚摄）

张家界国家森林公园较为适宜的旅游时间是每年4月至10月，冬天雪景则是另一番味道。春节、劳动节、国庆节等旺季，各类服务价格浮动，游客应当注意合理安排行程。

景区标识完整齐全，禁行路段不要进入。雾雨天时，山路湿滑、视线不清，不宜冒雨登山；雷雨天时，不攀险峰，不要手扶铁栏、树下避雨，以防雷击；暴雨天时，山洪迅猛，不宜在溪谷游玩。

注意森林防火，爱护景区动植物。景区有野生动物，不要投喂猕猴等野生动物，以防被抓伤、咬伤。

昆明世界园艺博览会的花园大道。昆明世界园艺博览会提供

31

首次举办大型世界园艺博览会

1999年4月30日，我国首次举办的大型世界园艺博览会——昆明世界园艺博览会开幕。

在1999年5月1日《人民日报》头版刊登的《中国昆明世界园艺博览会隆重开幕》报道中这样写道："这是第一次由发展中国家主办的大型世界园艺博览会。"昆明世界园艺博览会不仅向世界展示了中国改革开放成果，也让中国人不必出国便能了解世界的园艺文化。举办昆明世界园艺博览会还带动了昆明城市建设，拉动了云南旅游发展，推动我国园林园艺进步，也为后来中国举办相关大型活动积累了经验。

昆明世界园艺博览会，从世界一流做起

郭方明，原云南省园艺博览局局长，负责昆明世界园艺博览会筹备工作

"说起昆明世界园艺博览会，我能讲上几天几夜。"1997年，临近退休的郭方明"临危受命"，成为云南省园艺博览局局长，负责1999年昆明世界园艺博览会的筹备工作。他说，筹备昆明世界园艺博览会是自己"打过的最硬的仗"。

"危"在时间紧、任务重。一般而言，世界园艺博览会的筹办周期是5年，然而，真正留给昆明的时间只有两年。对于首次举办A1级大型专业博览会的中国来说，要完成建设布展、邀请嘉宾等一系列工作，还要达到"世界一流、中国气派、云南特色"的高标准并不容易。

"时间紧是最大的难题。"据郭方明回忆，到1997年5月27日举行开工仪式，世界园艺博览园3000多亩的地块还只是些土方，设计图只有一张总图，单体图纸还一张都没有。不到两年的时限像一副重担压在所有建设者肩上，加班熬夜是常有的事。"两年里，我至少有50天干了通宵，参加筹备的干部基本都是这样的工作状态。"那时的情景，郭方明依然历历在目。

"先从世界一流做起！"毕业于上海同济大学城市建设与经营专业的郭方明

说，自己把一生所学和大量心血融入了世界园艺博览会。花园大道是当时世界上规模最大的人工花卉景观，按照设计要求，每平方米要有81朵花，所有花要基本一样高，这样布景的时候才能将叶子藏在花下，让游客一眼望去只看到绚烂的花海。"为了保证花卉品质，我们专门成立了园艺队伍。"郭方明说。

当时建园需要移植部分珍稀濒危植物，各地都无条件支持。郭方明说，当时只要是建设需要的植物，不用我们去拉，都是各地将植物送过来。

工程要求高、时间紧，所有资金均由云南省筹措。"我此前长期担任建设厅厅长，熟悉工程建设和造价。"郭方明说，虽然经费不宽裕，但工程质量高标准、严要求，不该省的工序一项都不能省。"我在使用经费方面很抠门的。"郭方明说，世界园艺博览园的1000多个工程不仅没超预算，还用结余建设了花园酒店这一创收项目。

展会期间，花园大道鲜花换了4次，每次光是鲜花就要耗资200万元。然而，昆明世界园艺博览会吸引了942万人进园参观，单门票收入就超过4亿元。次年，云南省园艺博览局转制为企业，仅用6年时间便收回了建设成本。

昆明世界园艺博览会举办期间，先后有5位外国国家元首和政府首脑、115个外国使节团和国际组织代表团前来参观，昆明世界园艺博览会成为展示中国的重要平台。31个省（区、市）和香港、澳门均参加展出。会期参观游客达940多万人次，创造了A1级世界园艺博览会会址建设、参会规模和展览展示水平等多方面的新纪录。

"1999年世界园艺博览会的举办，不仅提升了昆明的城建水平，还极大提高了昆明市的整体文明素质。"郭方明说，昆明世界园艺博览会的成功举办让全世界看到了中国的办展水平，也为之后上海成功申办综合性世博会提供了有益借鉴。

（杨文明采访整理）

参观贴士 >>>>>>>>>>>>>>>>>>>>>>>>>>>>>>>>>>

昆明世界园艺博览会一景。
昆明世界园艺博览会提供（李发兴摄）

昆明世界园艺博览园位于昆明市东北郊，是具有"世界一流、中国气派、云南特色"的园林园艺大观园。博览园占地面积超过200公顷，建议游客乘坐景区内的电瓶车游览。

2010年上海世博会中国馆。项欣荣摄

32

┃ 首次举办综合性世界博览会

　　2010年5月1日,《人民日报》头版报道《中国2010年上海世界博览会隆重开幕》指出,上海世博会是继北京奥运会后我国举办的又一国际盛会。

　　上海世博会在世博会历史上留下了重要一笔:这是中国首次举办的综合性世界博览会,这是第一次以城市为主题的世博会,这是人类低碳文明的第一次大规模集中展示,这是当时参与程度最广、文化呈现最为多元的一次世博会。

上海世博会，盛况空前

周汉民，原上海世博局副局长，全程参与上海世博会的申办、筹办和举办

中国为什么要举办上海世界博览会？时任上海市政协副主席、原上海世博局副局长周汉民说，当时中国提出申办世博会时，刚刚获得2008年北京奥运会举办权。作为中国驻国际展览局的代表，他曾常驻巴黎13个月。他的使命就是要让别人了解中国举办世博会的初衷，让别人支持中国举办世博会。当时的申办国家和城市都是强劲对手，都有伟大文明的传承，都有自己的特色，中国凭什么胜出？

周汉民说，我脑海中始终记得毛泽东同志的一句话：中国应当对于人类有较大的贡献。所以，我们申办和举办世博会，不为别的，就是为了对世界作出更大的贡献。同时，中国要通过一届世博会，提升国民的国际观，将改革开放的成果与世界共享。

上海世博会总共迎来了190个主权国家参展，还有56个国际组织，包括联合国、世界银行、国际货币基金组织、世界贸易组织等都来参展，盛况空前，这在此前世博会历史上从来没有出现过。

如果说上海世博会的特色，那就是设立"城市最佳实践区（UBPA）"的展示，这是世博会历史上的一次创新。要把它变为一个现实，没人做过，难上加难。既然要做，一要有规则，二要体现国际性。

当时成立了"城市最佳实践遴选委员会"，其中一位主席是时任联合国副秘书长兼人居署署长，她问了如何遴选的问题。我提出三点建议：第一，我们遴选的最佳实践一定是现实的而不能是虚拟的，不能是生造一个出来；第二，它必须有重大价值，而不能只有抽象理念；第三，它一定要做到在未来是可以复制推广和仿效的，不能只是孤芳自赏。后来这三句话就成了三个原则：案例是现实的实践，要有重大的价值，要能够推广。我们向世界发出了真诚的邀请，请世界各国推荐城市最佳实践案例。

世博会开幕后，城市最佳实践区果然成为一大亮点，现在这个区域依然留存，成为美好的"世博记忆"。

上海世博会举办184天，有7308万人次参观。最集中的一天是2010年10月16日，达103万人次。那天我在现场9个小时，看到大多数人的脸上露出了幸福的笑容。他们认为到了就是参与了，参与了就是成功了。

世博会展示的成功是一方面，还有论坛的成功。申办成功后，我们共举行了8次世博国际论坛。论坛就是把上海世博会的主题和5个副主题的理念不断深化，非常不容易。

第三个成功，是文化娱乐活动的成功。上海世博会举办了近3万场次的文化娱乐活动，既请到了世界一流的演出乐团，也有"少林小子""侗族大歌"等各类本土的特色演出。所谓上海世博会的三大内容"展示、论坛、活动"都非常成功。

上海世博会的成功，是世界支持了我们，是国家支持了我们。

上海的这一盛会，足以影响也应当可以影响我们和世界人民的生活，主要有以下方面：

第一是"以人为本"。上海世博会的成功就在于，世界各参展国以人为本，国不分东西，地不分南北。最感人的是处在战争中的伊拉克来参展，它是推迟一个月开馆的。以人为本，是以人的发展为本，以人的尊严为本。

第二是"科技创新"。科技创新不只是科技本身，而是要让创新的科技服务于人类。其实，城市最佳实践区就是科技创新的典范。它把许多新科技、高科技引入人们的日常生活，比如垃圾无害化处理、水资源的净化等。

第三是"文化多元"。上海世博会之所以精彩，就在于多元文化的充分展示。

另外，"合作共赢""面向未来"等理念的影响也很广泛。

世博会可以落幕，世博精神不能落幕。上海世博会后，10月31日被定为"世界城市日"。上海市政府决定，在当时的世博场馆原址建"世博文化公园"，以纪念一个伟大事件及其伟大影响。

（沈文敏、胡志刚采访整理）

参观贴士 〉〉〉〉〉〉〉〉〉〉〉〉〉〉〉〉〉〉〉〉〉〉〉〉〉〉〉〉〉

世博园区。项欣荣摄。

目前，世博园区已发生较大变化，原来的临时展馆基本被拆除，保留下来的永久建筑改为其他用途，如中国馆变身中华艺术宫，世博会主题馆变成世博展览馆，城市最佳实践区成为企业办公、市民休闲场所。如果你想重温上海世博会那段精彩难忘的历史，可以去世博会博物馆实地感受一番。

鉴于上海世博会在世博会历史上所扮演的重要角色，国际展览局和上海市政府合作在世博园区浦西片区设立世博会博物馆。经过 3 年多的建设，博物馆于 2017 年 5 月 1 日对外开放，免费参观。

世博会博物馆全面综合地反映 1851 年以来世博会历史、中国 2010 年上海世博会盛况以及 2010 年以后各届世博会情况。世博会博物馆作为国际展览局唯一的官方博物馆，是全球世博文化的知识库，是世界博览事业和上海世博会的展示中心、推介中心、教育中心、培训中心和文献中心，并为世博文化交流提供平台。

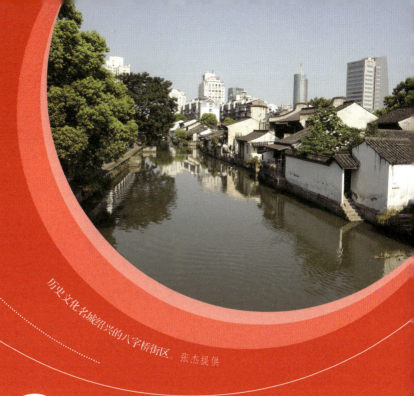

历史文化名城绍兴的八字桥街区。张杰提供

33

第一批历史文化名城

城市，既是历史文化的载体，又是反映人与自然互动的文化景观。我国历史悠久，许多历史文化名城是我国古代的区域中心，是近现代重大历史事件的发生地。这些历史文化名城的地面和地下，保存着大量的遗存，是中华民族悠久历史和文化积淀的重要体现。

1981年，国家建委、国家文物局等部门向国务院提交了《关于保护我国历史文化名城的请示》报告；1982年2月，国务院转批了这一请示，公布了首批24个国家历史文化名城；同年出台的文物保护法明确将保存文物特别丰富并且具有重大历史价值或者革命纪念意义的城市公布为历史文化名城，标志着历史文化名城制度的设立。

留住"活态"文化遗产

张杰，清华大学建筑学院教授

　　20世纪60年代，我国公布了第一批全国重点文物保护单位，但保护对象往往是单体建筑或遗址。后来，在北京大学侯仁之、古建筑保护专家郑孝燮和故宫博物院单士元三位先生提议下，全国政协起草了一份专题报告，建议尽快公布一批文物古迹丰富的历史城市。

　　当时，随着经济发展，城市规模一再扩大。在城市规划和建设中，一些古建筑、遗址、墓葬、碑碣、名胜遭到了破坏，一些老城内建设的工厂和高楼，使历史城市和文物古迹的环境风貌进一步受到损害。

　　在城市发展潜在的压力之下，加之当时我国在建立有关文物保护名录的工作比较薄弱，中央很快批复了有关部门提交的《关于保护我国历史文化名城的请示》报告，责成国家建委和国家文物局两个部门共同着手具体文件的起草工作。

　　"历史文化名城"这一名称，也经历了众多专家的考量。罗哲文当时作为国家文物局的代表，参与评定。据罗老回忆，首批历史文化名城名单的草拟过程中，参考了苏联1949年公布的20个历史城市的类型。罗老认为，中国城市里的遗产都属于文物遗产，并且历史悠久、久负盛名，大多都与文化有关，因此，要在"历史城市"这一名称中，加入"文化"二字。

"到现在，西方包括教科文组织的世界文化遗产在内，对于要保护的老城都叫'历史城市'。加入'文化'两个字，表明了我国历史文化名城的价值包括物质文化遗产和非物质文化遗产两个方面。'软'和'硬'都涵盖其中，是非常独到的。"张杰说，历史文化名城是我国独有的一个名称。"当下我们在保护古建筑群或者建筑单体时，都希望尽可能地留存其中非遗的部分。从这个角度看，当时起这个名字是相当有远见的。"

从保护的角度来讲，20世纪80年代设立历史文化名城还有一个非常重要的原因。当时，我国很多城市都还保有相当的传统特色。对这些历史风貌保存比较完整的古城，还缺乏整体保护的法律手段和明文规章制度。"历史文化名城设立的本身也是有别于文物单体保护的方法，它强调古城应该作为一个整体加以保护，并承认城市是在不断变化的过程中，是一种活态的遗产。这实际上延续了梁思成先生20世纪50年代提出的城市整体保护等思想。"张杰说。

首批历史文化名城有24个城市，都突出了"现存文物古迹丰富"和"具有重要价值"两项基本原则，可以视为名城评选标准的雏形。此次入选的名城都是大家熟知且公认应该加以保护的历史城市，如北京、西安、洛阳、开封、南京、苏州、杭州、广州等是我国古代政治、经济、文化中心；遵义、延安等是近代革命运动和发生重大历史事件的城市；景德镇因出产精美的瓷器而著称于世；承德、泉州因拥有珍贵的文物遗迹而享有盛名。

1982年2月，国务院批转的文件指出："我国是一个历史悠久的文明古国。保护一批历史文化名城，对于继承悠久的文化遗产，发扬光荣的革命传统，进行爱国主义教育，建设社会主义精神文明，扩大我国的国际影响，都有着积极的意义。"张杰认为，当时提出"文化遗产"的概念实属不易。"到今天我们仍然认为，

1982年国务院批转的精神，是我们保护历史文化名城最基本的、可借鉴的指导，比如扩大国际影响恰恰对应了我们今天所说的'文化自信'。所以从这个角度来讲，当时的前瞻性是非常高的。"

（王珏、李婧源采访整理）

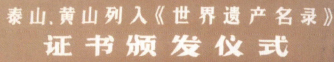

34

首批成功申报世界遗产

　　世界遗产是指被联合国教科文组织和世界遗产委员会确认的、人类罕见的、目前无法替代的财富，是全人类公认的具有突出意义和普遍价值的文物古迹及自然景观。截至2024年8月，中国已拥有世界遗产59项，总数位居世界前列。

　　申报世界遗产可以推动遗产宣传和保护，增进人们对遗产中的价值和精神的理解，推动人文交流和文化传播，增强文化自信。我国已初步建立了具有中国特色的世界遗产保护体制与管理模式，在遗产保护和可持续发展方面积累了丰富经验。

　　1987年12月，在法国巴黎联合国教科文组织总部举行的世界遗产委员会会议上，长城、故宫、敦煌莫高窟、秦始皇陵及兵马俑、周口店北京人遗址、泰山被列入《世界遗产名录》，成为中国首批成功申报世界遗产的项目。

　　中国的"申遗之路"已经走过30多年。30多年来，中国的世界遗产从无到有、由少变多，遗产类型不断丰富，保护和传承经验不断积累。

曹南燕参与的泰山世界遗产申报书。
中国园林博物馆提供

裁出来的申报书

曹南燕，时任中国风景名胜协会副会长、住建部风景园林专家委员会委员，

曾参与中国第一次申报世界遗产的相关工作

中国第一次申报世界遗产，是集体智慧的结晶。

中国自1985年加入《保护世界文化与自然遗产公约》以来，一直致力于务实有效地保护世界遗产。

1986年，我国开始申报世界遗产。当时这项工作由国家文物局、林业部和建设部三方分别牵头组织。我当时在建设部城建司风景名胜处工作，接到了申报世界遗产的任务。

申报世界遗产，一般要经过撰写申报书、联合国教科文组织专家考察等阶段。当时中国申报世界遗产，面临着一没有材料二没有经验的困境。确定将泰山申报自然和文化遗产后，我和泰山管委会成员组成了团队，开始编写申报书。

我首先请中国教科文组织秘书处的师淑云提供一个范本作为参考。师淑云给了我们一份斯里兰卡的申报材料。

编写申报书过程中，我们翻阅了很多资料，请教了有关专家，费尽千辛万苦才完成。说千辛万苦一点也不夸张。当时工作条件有限，有时十几人一日奔波下来，饭都吃不上，有的在宾馆里洗着澡就睡着了。为了能更清晰地用英文进行表述，我们付费请来一名美国的专家、一名英国的专家，专门给申报书翻译校对。

印制申报书要用A4纸，但一时很难找到，印刷厂厂长也表示没有办法。我着急了：我们就是裁，也要裁出A4纸。最终，第一次申报世界遗产的A4纸，是外文印刷厂的工人们一张一张裁出来的。照片实在来不及印刷，我们就一张一张仔细地贴在上面，最后裁剪装订成了一本精美的申报书。

材料送上去后，本以为能松口气。哪知被前方通知，遗产申报材料中缺少管理计划。时间紧、任务重，我们在办公室用两个小时制定了12条管理计划，直接翻译成英文。几经周转，管理计划最终报送了上去。事实证明，管理计划起到了很大作用。在联合国教科文组织第十一届世界遗产大会上，世界遗产委员会的官员们一致称赞，说中国的文本是第三世界国家中做得最好的。

接到泰山被列入《世界遗产名录》的电话时，我心里真像流进一股清泉，畅快极了。

1987年，国际自然资源保护协会的副主席卢卡斯来泰山审查，我和相关人员陪同。卢卡斯对泰山的印象非常好，在一条评语中写道："中国泰山的申报成功，开辟了世界自然和文化双重遗产的先河。"此前世界遗产委员会从未批准过双重遗产，泰山是第一个，这为今后的申遗工作打下了基础。

目前，我国的世界遗产数量已经位居世界前列。世界对中国作为文明古国有了更加深刻的理解。遗产不仅属于中国，也属于全世界。随着时间的推移，我深切体会到世界遗产越来越大的影响力。比如在最初申遗时，普通老百姓根本不知道什么是申遗，到如今世界遗产已经给人们带来了社会与经济的双重价值。

世界遗产的申报只是迈出的第一步，如何加强世界遗产的管理，如何与国际合作、按世界遗产公约保护好世界遗产才是重中之重。

（王珏采访整理）

知 ○○○○○○○○ 识 ○○○○ ⚡ ○○○ 链 ○○○○○○ 接

世界遗产分类 ///

　　世界遗产一般分为自然遗产、文化遗产、自然与文化复合遗产。文化遗产一般指文物、建筑群、遗址等。自然遗产一般是从科学、美学等角度看，具有突出、普遍价值的自然风貌、地质和自然地理结构、濒危动植物物种生态区、天然名胜等。只有同时满足《保护世界文化与自然遗产公约》中关于文化遗产和自然遗产定义的遗产项目，才能成为文化与自然复合遗产。

"丝绸之路"申遗成功，三国代表互相祝贺。景峰摄

35

｜首次成功申报跨境世界遗产

丝绸之路是人类社会遗留至今规模最大的文化遗产，它的伟大遗存承载着历史的记忆，是沿线各民族开拓进取、兼容并蓄的金色印记。

2014年，第三十八届世界遗产大会批准通过"丝绸之路：长安—天山廊道的路网"申遗项目，中国与吉尔吉斯斯坦、哈萨克斯坦联合提交的跨国文化遗产项目正式列入《世界遗产名录》。这也是中国第一次成功申报跨境世界遗产。

"丝绸之路"的 26 年申遗路

景峰，时任联合国教科文组织世界遗产中心亚太部主任，

曾担任"丝绸之路"系列申报世界遗产项目的总协调人

景峰介绍，"丝绸之路"很早就进入联合国教科文组织的视野。20世纪八九十年代，联合国曾推出"世界文化发展十年"计划。在该框架下，联合国教科文组织曾组织3次大型"丝绸之路"考察，旨在促进各方文化交流。

"丝绸之路"跨国系列申遗前后经历了26年，从1988年至2005年的"酝酿"，到2006年至2011年的"启动与推进"，再到后期的"深入推进"，申遗内容复杂，涉及面广，申请难度极大。申报过程中，成立了中国、俄罗斯、巴基斯坦等亚欧15国参与的"丝绸之路"跨国系列申报世界遗产协调委员会，中国和吉尔吉斯斯坦代表被选为委员会的双主席。

2011年，世界遗产委员会的专业咨询机构国际古迹遗址理事会针对丝绸之路提出"廊道"概念，确认了丝绸之路上的54个"廊道"，认为这些廊道现存的遗产系统数量多、质量高。如果这一系列廊道列入世界遗产就会形成一个整体，反映并代表丝绸之路沿线定居地和遗迹的范围、兴盛和衰落。为此，专家建议两条申遗条件成熟的廊道作为首批跨国系列申遗项目：一条是中国、哈萨克斯坦和吉尔吉斯斯坦的跨国廊道，另一条是塔吉克斯坦、土库曼斯坦和乌兹别克斯坦的跨国廊道。

2012年，人力资源和社会保障部、国家文物局在新疆吐鲁番举办"丝绸之路申遗高级研修班"。同年，根据国际古迹遗址理事会的要求，中国决定与哈萨克斯坦、吉尔吉斯斯坦联合申遗。2013年，三国确定申遗项目名称为"丝绸之路：长安—天山廊道的路网"，并将申遗文本提交给世界遗产中心。

这次的申遗路线自东向西可以分为中国中原地区、河西走廊、天山南北和七河地区四个部分，是丝绸之路整个交流交通体系中的起始地。

2014年6月，第三十八届世界遗产大会在卡塔尔多哈举办。

申遗项目审议当天，景峰就坐在主席台上。"丝绸之路"项目的审议从原定当地时间的6月21日，一直拖到6月22日。落槌那一刻，各个国家纷纷表示祝贺，三国代表紧紧拥抱在一起，景峰也非常激动。"那一刻，我感到'丝绸之路'让几个国家紧紧地连接在一起，这种文化交流的感受非常强烈。"

"这项横跨5000多公里的亚洲跨境合作申遗在当时获得了各方好评，对政府间协调、建章立制、组织构架等都具有借鉴意义。中国在整个过程中展现了大国风范，积极推动制作文本并协商确立合作机制。"景峰说，此次申遗，真正体现了文化交流、民心相通。

"丝绸之路"跨境系列申遗项目在开启之初，在理论上和实践上都是全新的，可参考的范例几乎没有，项目本身复杂而庞大。

首先，是遗产点的选择问题。申遗文本中公布的3个国家共有33处遗产点，其中我国有22个，分布在河南省、陕西省、甘肃省和新疆维吾尔自治区，哈萨克斯坦、吉尔吉斯斯坦境内各有8处和3处。

其次，跨国沟通也是丝路申遗的困难之一。中、哈、吉三国的申遗基础参差不齐，具体申报事宜需要各方不断协调。为此，三国专门组织了协调管理框架，包括副部长组成的督导委员会，由各缔约国派出两名专家和一名政府官员组成的工作小组。自2011年开始，三国定期召开会议，用英语、俄语、中文三种语言进行协调。另外，中方还积极承担责任，成为申遗文本编制工作的主要承担者，高质量地完成了中文、哈萨克斯坦语、吉尔吉斯斯坦语、俄文、英文等五个语言版本的文本编译。

这次申遗，促进了申遗点的保护、规划。例如，新疆的遗产点交河故城完全由生土夯筑而成，这样的建筑方式历经千年风雨和战乱摧残，部分城址风化严重，面临坍塌危险。当地按照申遗工作要求的8大项33子项及90余个单项工作内容，细化了工作分工，不仅按时抢修了文物，还解决了环境整治问题。类似这样的事例还有很多，中国对每一个遗产点都要求制定文物保护规划、管理规划、环境治理与文物保护措施，确保所有遗产点按时达到申报要求。

丝绸之路是商贸大道、文化走廊和开放之路。2000多年来，它历经沧桑，见证了无数传奇和众多国家的兴衰。2014年，以申报世界文化遗产为契机，这条千年古道再一次被世界瞩目。

景峰说，丝绸之路是东西方文明交流的纽带，联结着很多伟大的文明，对于今天人类的文化、经济交流同样具有重要的意义。如今，共建"一带一路"倡议进一步赋予了丝绸之路现实意义。丝绸之路沿线的遗产保护已经成为地区合作的一个组成部分，将有力促进共建国家的共同发展。

（王珏采访整理）

参观贴士 ≫≫≫≫≫≫≫≫≫≫≫≫≫≫≫≫≫≫≫

"丝绸之路：长安—天山廊道的路网"中国段申遗点

隋唐洛阳城定鼎门遗址：该地曾是公元 7—10 世纪洛阳的南入口及街区。

汉魏洛阳城遗址：该地曾是公元 1—6 世纪中华文明发展史上东汉、曹魏、西晋、北魏四个重要王朝的都城。

新安汉函谷关遗址：该地曾是公元前 2 世纪—公元 3 世纪汉帝国设立在中原地区的重要关隘。

崤函古道石壕段遗址：该地曾是汉唐时期沟通长安、洛阳两大都城交通要道的组成部分。

兴教寺塔是唐代高僧玄奘法师及其弟子窥基、新罗弟子圆测的舍利墓塔。其所在的兴教寺为中国佛教唯识宗重镇。

大雁塔是为保存玄奘法师由天竺经丝绸之路带回长安的经卷佛像而建。大雁塔为现存最早、规模最大的唐代四方楼阁式砖塔。

唐长安城大明宫遗址：该地曾是公元 7—10 世纪长安的宫城，地处唐长安城东北，南倚长安城北墙而建。

小雁塔始建于 8 世纪初，其所在的荐福寺是唐代长安三大译经场之一。

汉长安城未央宫遗址是西汉都城宫殿遗址。遗址规模宏大，有主殿、宫垣等遗存。

彬州市大佛寺石窟建于公元 7—10 世纪，是唐代都城长安附近的重要佛教遗存。

张骞墓是汉朝杰出外交家、探险家张骞的墓葬，为封土墓葬形式，有"博望造铭"封泥、石兽等出土文物。

麦积山石窟开凿于公元 5—13 世纪，是河西走廊及其周边地区仅次于敦煌莫高窟的大型石窟群。

炳灵寺石窟是公元 4—10 世纪持续开凿于黄河岸边的要道上、保留最早纪念题记的石窟。

玉门关遗址：该地曾是公元前 2 世纪—公元 3 世纪汉朝设立在河西走廊地区西端最重要关隘，位于祁连山西端疏勒河南岸戈壁。

锁阳城遗址位于河西走廊，具有重要的考古价值。

悬泉置遗址：该地曾是公元前 2 世纪—公元 3 世纪汉朝设立于河西地区的驿站，有汉代坞堡、房屋、马厩等遗迹。

交河故城：该地曾是公元前 2 世纪—公元 14 世纪丝绸之路东天山南麓吐鲁番盆地的重要中心城镇。主要遗存包括城址、墓葬区及大量出土文物等。

北庭故城遗址：该地曾是公元 7—14 世纪丝绸之路东天山北麓的第一大中心城镇，是天山以北地区的重要军政中心和交通枢纽。

苏巴什佛寺遗址：该地曾于公元 3—10 世纪持续沿用、是西域地区保留至今最大、保存最完整、历史最悠久的佛教建筑群遗址。

克孜尔尕哈烽燧是公元前 2 世纪—公元 3 世纪汉朝设立在天山南麓交通沿线的军事警戒设施。

高昌故城：该地曾是公元前 1 世纪—公元 14 世纪丝绸之路东天山南麓吐鲁番盆地的第一大中心城镇。主要遗存包括城防系统、宗教建筑、民居建筑及出土佛教文物等。

克孜尔石窟是公元 3—9 世纪开凿于天山南麓古龟兹地区的佛教石窟。

北京天文馆外景。北京天文馆提供

36

第一座天文馆

1923年，德国蔡司厂制造出了世界上第一台天象仪，得名"假天仪"。随后，世界第一座假天馆在德国建成。

20世纪三四十年代，科学家高鲁、张钰哲、陈遵妫、李珩等人纷纷撰文，介绍和宣传有关天象仪和天文馆的知识，呼唤中国天文馆的诞生。

1954年夏天，我国驻前民主德国使馆向外贸部门反映，蔡司天象仪是一种科学普及教育仪器，德方对我国有贸易差额，我国驻外使馆建议购买天象仪作为一部分外贸补偿。同年9月，中央决定筹建北京天文馆，中国科学院从该院年度经费中调剂出200亿元（即人民币改革后的200万元）用于筹建场馆。

1957年9月29日，北京天文馆开馆迎客。它是我国第一座大型天文馆，以天文科普节目放映为核心，辅以天文展览、天文观测等，北京天文馆迅速成为传播天文知识的重要阵地。

随着时代发展，北京天文馆的设备和建筑开始老化。老馆是拆还是留？2000年，经过一番争论，"建设新馆，保留和改造老馆"的规划设计方案被确定。

2004年，北京天文馆新馆开放。2008年，老馆完成改造并重新开放。至此，由建国门内的古观象台、西直门外改造后的老馆和与其遥相呼应的新馆三部分组成新的北京天文馆，其在专业设备等方面成为世界最先进的天文馆之一。

2007年7月，经国际天文学联合会小天体命名委员会批准，编号为59000号的小行星被命名为"北馆星"，纪念北京天文馆对中国的天文科普事业作出的卓越贡献。

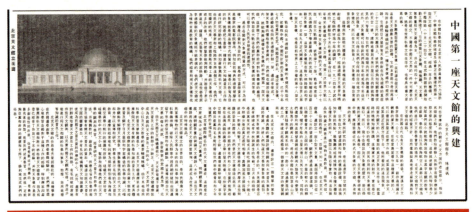

北京天文馆：星空信步游

赵世英，北京天文馆原一室主任，在馆工作 40 年

1956年，20岁的赵世英来到还在筹建的北京天文馆学习，同来的年轻人共32位。

"新中国成立初期，人们对科学和宇宙所知甚少。天文馆的成立可以向广大人民群众普及科学文化知识。"赵世英回忆。

1955年春，时任上海徐家汇观象台负责人、天文学家陈遵妫应中国科学院竺可桢、吴有训两位副院长之邀，出任北京天文馆首任馆长，参与筹建北京天文馆。

在天文馆的命名方面，有一些波折。起初，全国科普协会的文件中将这个即将建成的科普场馆称为"假天馆"，因为星空是人造的，与西方国家的称呼一致。然而，陈遵妫认为，与国外单纯放映天文电影的假天馆和天象馆不同，我国建立全新的科普机构，主要是向人民群众宣传天文学，除天象表演外，还将举办展览、科学讲座，组织天文小组观测，做简单的研究课题，未来甚至要培养更多中级天文人才，因此，名称应改为"天文馆"。陈遵妫的坚持、竺可桢的支持，使"北京天文馆"的名字最终敲定。

选址也颇费思量。"最初的选址原则是交通便利、环境优美，并且有发展余地。"赵世英回忆，1955年选址时，陈遵妫与竺可桢、吴晗、梁思成、张开济等在北京多处考察。天文馆曾考虑建在天坛或鼓楼附近，但因会破坏古迹的完整性，遭到文物部门的反对。随后，筹备组又想利用北海后门附近的一块三角地，也因面积过小而被否定。最终，天文馆选址西直门外。"陈遵妫认为，此地交通便利、环境开阔，更重要的是与附近的北京动物园和北京展览馆相得益彰，形成了一个非常好的科学文化圈。"

1955年10月24日，北京天文馆正式动工，"当时人们一心想把它建成科学和艺术的殿堂"。拿建筑设计来说，总设计师是张开济，门口金灿灿的"北京天文馆"几个字由时任科学院院长郭沫若题写，室内装饰由美术大师吴作人和周令钊等人完成，日月神浮雕等作品则出自著名雕塑家滑田友、王临一、曾竹绍之手。"既体现民族传统风貌又融入现代风格，许多观众没进展室就赞赏不已，想不到还有这么壮丽的地方。"

建造球幕需要用铜皮，而铜皮当时是非常紧张的军用物资。为此，国家特批了5吨铜皮，"一来考虑铜皮使用寿命长，二来铜皮氧化后变成绿色比较好看"。

建馆同时，人员培训也在紧锣密鼓进行。1957年1月，北京下了一尺多厚的大雪，晚上七八点钟，50多岁的陈遵妫带着赵世英等一群人在冰天雪地中一边观测星星，一边讲授天文学的基础知识。"天太冷，我的双脚都冻伤了。"那个年代，国内没有天文学教材，上课全靠老师一句句翻译苏联教材。一次上课时，陈遵妫突然说，天文馆是新中国的第一个科技馆，这个事业怎么干，自己也没什么把握。"如果有志于这项事业，我们就一起探索；如果对此没什么兴趣，可以另找出路，不耽误你们，也不耽误天文事业。"最终，十多个年轻人留了下来。

1957年9月29日，北京天文馆开馆，消息震动全国。当年国庆节天文馆正式对公众开放后，每天都有几千名观众。"有人半夜就来排队，带着铺盖卷，就为了看看这个新天文馆。"赵世英说，当时门票一毛五一张，每天馆里表演七八场李元先生设计的天象节目《到宇宙去旅行》。"那时没有录音设备，全靠人现场解说，工作人员嗓子都哑了。"观众慕名而来，白天看太阳黑子，晚上看星星月亮，人们在这里流连忘返。赵世英至今还记得，1958年一位观众写的小诗：湛蓝宇宙海，从来未通舟；乘坐天象仪，星空信步游。

（施芳采访整理）

参观贴士 >>>>>>>>>>>>>>>>>>>>>>>>>>>>>>>>>>

北京天文馆与星轨。北京天文馆提供

北京天文馆包括A、B两馆，共4个科普剧场。A馆天象厅能为场内400名观众逼真还原地球上肉眼可见的9000余颗恒星。B馆内有宇宙剧场、4D剧场、3D剧场3个科普剧场。其中，宇宙剧场能同时为200名观众呈现气势恢宏的立体天幕效果。

如果想了解更多天文知识，可以查询北京天文馆官网（www.bjp.org.cn）的《科普活动》专栏，还可以参加公众科学讲座，《天文爱好者》杂志也值得一看。

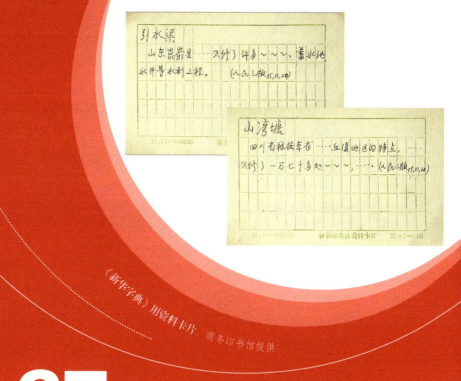

《新华字典》用资料卡片 商务印书馆提供

37

第一部现代汉语字典

《新华字典》是新中国成立后出版的第一部白话释义、白话举例的字典，也是迄今为止最有影响、最权威的一部小型汉语字典，几代中国人大都通过它接受启蒙教育。迄今，《新华字典》已经印行了6亿多册，是全世界发行量最大的工具书。

不同版本的《新华字典》。资料图片

《新华字典》，新中国的字典

程荣，中国社会科学院语言研究所研究员，《新华字典》2004年版（第十版）修订主持人

　　《新华字典》是1953年由人民教育出版社首次出版的。数十年来，《新华字典》为普及文化知识、推动语言文字规范化作出了重要贡献。《新华字典》是在新中国的礼炮声中酝酿的，"新华字典"的寓意就是新中国的字典。

　　1948年秋冬到1949年初，语言学家、北京大学中文系教授魏建功约请语言学家金克木、周祖谟、张克强、吴晓玲到家里商量编写适合新中国大众需要的白话字典的事，讨论过初步的设想和体例。

　　1950年8月，新华辞书社成立，魏建功任社长，在时任出版总署副署长叶圣陶的支持下，组织编写《新华字典》。《新华字典》经过了叶圣陶的逐字审定，于1953年由人民教育出版社出版，1957年转交商务印书馆出版，此后一直由商务印书馆出版发行。

　　迄今为止，《新华字典》经十余次修订，目前是商务印书馆出版的第12版；加上人教社出版的两版，以及未计入版次的1971年版，合计15个版次。把各个不同时期版本的《新华字典》排列在一起，既能看到《新华字典》的成长史，也能看到新中国的发展史。这本小字典生动地记录了新中国从百废待兴到今天繁荣昌盛的发展历程。

新中国成立初期，我国文盲、半文盲占总人口的80%以上。扫盲工作迫切需要一本实用的小型字典。《新华字典》用白话释义、用白话举例，便于识字者学习，为扫盲工作作出了重大贡献。

当时，中央提出语言文字工作的三大任务，即简化汉字、推广普通话、制定和推行汉语拼音方案。在这三项工作中，《新华字典》都发挥了重要作用。

无论是简化字还是汉语拼音，《新华字典》都是最早的积极采用的工具书之一，可以说是率先垂范，为推广简化字和普通话立下了汗马功劳。

比如，1956年《汉字简化方案》公布，1957年版《新华字典》就以简化字作为标准正体字，作为正文字头，而繁体字和异体字放在括号中附在正文字头的后面。1964年3月，国家公布了《简化字总表》，1965年1月公布了《印刷通用汉字字形表》，1966年版《新华字典》的字头就一律改用符合《简化字总表》和《印刷通用汉字字形表》的字形。1986年《简化字总表》重新发表，1990年版《新华字典》据此调整了相关字头，修改了相关内容。

1957年10月，《普通话异读词审音表初稿》公布，据此，1958年《新华字典》在重印时就对某些注音做了修正。比如"庇护"，曾经有"pìhù"的异读，改为统读"bìhù"。1963年《普通话异读词三次审音总表初稿》公布，《新华字典》1964年重印时就做了修订，比如"相形见绌"的"绌"，原来念"chuò"，这次改定为"chù"。1985年《普通话异读词审音表》正式发布，1990年版《新华字典》也据此作出修订。

因为《新华字典》的读者众多，它采用的字形和读音，影响力和传播力巨大，从而为推广简化字和普通话起到了垂范作用。

数十年来，《新华字典》始终与国家语言文字工作的相关方针政策保持一致，一直不断修订，这是它能取得成功的一个重要原因。

为了保证准确，历代《新华字典》的撰稿者、修订者付出了巨大的努力。比如，为了核实一个地名，修订者要翻检全部已出版的地图，还要去实地勘察，用实地调查获得的材料与文献记载对比，只有地图、文献和实地调研在音形义上都一致，没有矛盾之处，才能最终确定地名的读音和字形。

广西宾阳的"峦（mèn）塘"，甘肃积石山县的"乩（bié）藏"等地名就是在实地调研后确定的。再比如，"焗油"这个词，撰稿者为了给出准确的释义，曾两次去理发店做焗油，体验了每一步过程，最终才作出了准确的解释。作为权威字典，一丝一毫都不能主观随意；如果随意，贻害无穷。《新华字典》每一个字在编写和修订时都很谨慎。

2002年，社科院语言所把《新华字典》第十版的修订工作交给程荣来做。此前，程荣还没有主持过权威性辞书的修订，接到任务时，诚惶诚恐。此外，第十版要赶在《新华字典》出版50周年之际出版，根据要求，定稿时间不能晚于2003年9月底。

但就在这段时间，非典疫情暴发了。当时正准备初步定稿，需要与专家讨论，需要与编辑沟通，需要集中交流。但疫情使编辑们不能聚集在一起开会。当时没有微信，互联网还不像现在这么发达，只能用电话交流，经常一个电话打很久。一次，程荣和刘庆隆先生讨论一个问题，电话长达3个多小时，老先生累得中途休息了一会儿，再重新拿起电话继续谈。以前，程荣经常去1971年版《新华字典》修订工作主持人曹先擢先生家里请教讨论，非典时期，程荣和曹先生只能在他家小区的健身空地，手里拿着稿子，站着研究问题。

工作没有因为疫情而停摆，没有因为赶上非典就减少必要的流程。字典的修订质量因此有了保障。

所有稿件都是几易其稿才确定下来，有时就为了一两个字的改动反复研讨，非常谨慎。每一页都经过初审、复审、终审，形成初定稿交给商务印书馆，再由商务印书馆约请其他专家提意见，反馈给修订组，继续修改。2006年，胡锦涛同志还把这一版的《新华字典》作为国礼送给了国际友人。

《新华字典》成功的原因首先是原创性，内容和形式都能适应新中国读者的需求，从选择语料到释义举例都用白话，而此前的字典普遍用文言。《新华字典》和社会生活贴近，和群众的语言实际贴近，无形中拉近了普通百姓和字典的距离。20世纪50年代扫盲运动中，《新华字典》就因为简明实用的特点发挥了重要作用。其次，《新华字典》与时俱进，不断修订，通过十几次修订不断跟上社会语言生活的发展变化，科学性、实用性突出，因此长销不衰。

时代在发展，字典也要增补新词、新义，使字典反映当代面貌和语文现实，当然，字典收新词要收稳定规范的，有一些网络词语流行一时，但很快就消失了，就必须慎收。第十版《新华字典》增补了一些与通信、计算机、互联网相关的词，比如互联网、硬件、软件、审计、社区……此外，随着环境保护以及动植物保护观念的普及，在解释国家保护动物、保护植物时，就把以前释义中的"可食"去掉。比如，以前"鲸"的解释是"肉可吃，脂肪可以做油"，在新版中就删掉了。从《新华字典》的收字和收词情况也能看出社会的发展进步。

从目前的情况看，网络对《新华字典》的冲击不明显，《新华字典》的发行量没有减少。随着我国全民文化素质的提高，对字典的质量要求也在提高。只要《新华字典》始终坚持质量第一，跟上时代步伐，方便读者使用，它就不会被替代。

（张贺采访整理）

鸿篇巨制《中国大百科全书》 中国大百科全书出版社提供

38

第一部综合性百科全书

　　综合性百科全书被誉为"没有围墙的大学""众书之源"，体现一国学术水平和文化底蕴。

　　200多年来，全世界已有50多个国家编纂过上百种综合性百科全书。不仅美、英、法、德、日等发达国家，就连人口不过2万的摩纳哥公国都曾编纂过自己的百科全书。新中国成立后，当时的出版总署曾考虑出版中国百科全书，并列入了编修计划，但最终因各种原因，未能实施。在联合国展示各国百科全书的图书馆里，来自中国的百科全书一直付之阙如。直到20世纪80年代，不要说自己编纂的百科全书，就是翻译出版国外的百科全书，中国也没有。

　　1978年1月27日，著名学者姜椿芳在中国社会科学院《情况和建议》第2期，发表了近万字的《关于编辑出版〈中国大百科全书〉的建议》，立刻引起党中央的高度重视。1978年4月，胡乔木当面向邓小平提出编纂《中国大百科全书》的建议，得到邓小平的赞成和支持。同年11月18日，国务院批准成立以胡乔木为主任的中国大百科全书总编辑委员会，成立具体负责编辑出版工作的中国大百科全书出版社。至此，编纂《中国大百科全书》成为举全国之力、动员全体知识界参与的国家级文化工程。

据统计，在历时15年的第一版编纂过程中，参加撰稿的作者达2万余人，编辑人员超过1000人。中国科学院84%的学部委员、社会科学领域众多的学科带头人、各领域卓有成就的专家学者都参加了该书的编撰工作。15年里，中央在资金极为紧张的情况下投入了8000多万元用于这项文化工程。

1993年8月，74卷《中国大百科全书》（第一版）全部出齐，覆盖社会科学、文学艺术、自然科学、工程技术等66个学科，共收77859个条目，约12568万字。这是中国人编纂的第一部综合性百科全书，结束了近代以来中国没有综合性百科全书的历史。1994年1月30日，国家图书奖颁奖大会在人民大会堂举行。《中国大百科全书》（第一版）荣获第一名。

2011年11月5日，国务院批复《中国大百科全书》（第三版）立项。截至2024年7月，中国大百科全书第三版的网络版已上线，纸质版已出版19卷。

《中国大百科全书》负责人在研究工作。中国大百科全书出版社提供

筚路蓝缕填空白

金常政，原中国大百科全书出版社副总编辑，

《中国大百科全书》编委，《中国大百科全书》首卷《天文学卷》责任编辑

　　《中国大百科全书》的编纂工作是在筚路蓝缕、艰苦备尝中起步的。金常政说，1978年7月10日的第一次筹备会，是8位与会者围着一张乒乓球台召开的。那时办公条件差，编辑部前后搬过8次家，但大家都憋着一股劲，要把失去的时间夺回来。

　　被任命为《天文学卷》责编之后，金常政立刻补充天文学知识，数次奔赴上海、南京与知名学者沟通。4个月，《天文学卷》就召开学科编委会；仅两年半，150多万字的编纂工作就完成了，1980年12月《天文学卷》出版。

　　作为《中国大百科全书》的"第一炮"，《天文学卷》获得国内外的高度肯定。英国科学家李约瑟在《自然》杂志发表文章，称赞《天文学卷》"内容之广，用功之深，有如苍穹"。一位北京大学教授，对中国自编百科全书心存疑虑，《天文学卷》问世后，他特意连续读了100页20多万字，没有发现任何编辑上的缺陷和一处错别字。

　　金常政清楚这样的成绩是如何得来的。1979年5月，《天文学卷》在苏州东山雕花大楼开编委会时，几乎每天停电，大家准备了蜡烛秉烛夜战。入夜遥看雕花大楼，一片烛光摇曳。在北京编辑加工稿件时，金常政常常工作到深夜2点，即使患上了有生命危险的气胸症，也没耽误看稿子，住院不到一个月，就重返岗位，立即投入审读样稿。那时还没有电脑，几种索引（条目汉字笔画索引、条目外文索引、内容分析索引）全靠手工制卡，既费工又烦琐，全靠耐心细致，反复核对，才能确保不出错。为了保证印刷质量，金常政在印刷厂里蹲守了整整4个月。

　　金常政介绍，为了保证百科词条的准确权威，词条先由各分册编辑召集撰稿专家集体讨论，确保是该学科最基础、最可靠的知识。然后撰写样条，供撰稿者参考。词条作者大都是该领域的权威，都是大学者写小词条。稿件要经过编辑初审，专家中审和终审。很少有词条一次通过，绝大多数词条都要反复修改，从而保证质量。

　　编纂《中国大百科全书》是举全国之力、动员全体知识界参与的国家级文化工程。15年中，参加撰稿的作者达2万余人，编辑人员超过1000人。中国科学院84%的学部委员、社会科学领域众多的学科带头人、各领域卓有成就的专家学者都参加了该书的编纂。

　　许多参与撰稿的专家学者已年届古稀，白首弱躯，孜孜不倦。外国文学专家冯至带病连夜审读清样，目力不济，便用放大镜一个字一个字地读。80岁高龄的法学家潘念之忍着疾病的剧痛，硬是改完稿件才去住院。翻译家王佐良右手骨折，戴着夹板，用左手扶着右手，撰写词条……

矿学家孙德和临终前还在审阅书稿。冶金学家李熏临终前数日还询及对《冶金学》一文的意见。国际法专家陈体强逝世前两天还给编辑部写信解决一处资料问题。建筑学家童寯在生命的最后时刻仍在写《江南园林》条目……

外国文学专家罗大冈在写《法国文学》条目时，反复琢磨，写成初稿后，分寄给25位老朋友征求意见，然后又反复修改，七易其稿。为搞清平型关战役的一个细节，编撰者甚至不辞千辛万苦找到了当时一名炊事员。相声大师侯宝林为写好《戏曲曲艺》卷中的条目，十易其稿。

许多编撰者都是学界泰斗，但他们毫无架子。《中国哲学史》词条由哲学家张岱年撰写，初稿长达1.5万字，不合体例，必须删改。责任编辑本来担心让大师改文章会被骂，结果张先生二话不说爽快地按照要求作了修改，而且修改了两次，第三稿才收入《哲学卷》。

74卷《中国大百科全书》对于中国社会的影响既深且巨。1984年《中国大百科全书·法学卷》出版后，恰逢普法高潮，人们学习法律知识的热情高涨，不但法官、检察官人人要读，就连普通读者也踊跃购买，一时间供不应求。由于严重缺货，一些地方的书店干脆把车开到印刷厂，排队等着。《法学卷》累计发行70万册。

74卷《中国大百科全书》（第一版）全部摞起来有3米多高。如此大的体量，显然不是普通读者能完整购买的。就在第一版的编纂尚未结束时，从1991年开始，中国大百科全书出版社已开始筹划出版简明版、第二版，并开始策划利用第一版编纂过程中积累下来的大量资料出专题百科、小百科，出普及读物，以满足多方面多层次读者的需要。今天，中国的百科家园已是琳琅满目，地方百科全书、行业百科全书等品种多样。其中，针对小读者的百科类图书销售火爆，《中国儿童百科全书》累计销售1000多万册。

随着互联网技术的飞速发展，百科全书的数字化、网络化已成为世界性潮流。2012年3月，具有200多年历史的《不列颠百科全书》宣布停止发行纸质版，要搞网络版。中国的百科事业又一次站到了新的历史起点。

（张贺采访整理）

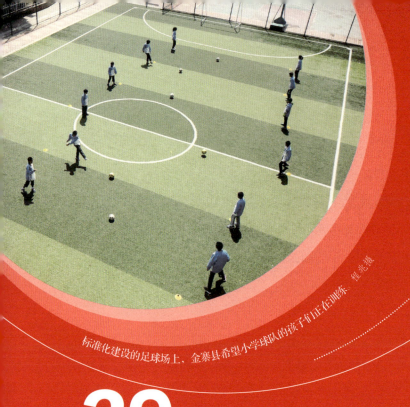

标准化建设的足球场上，金寨县希望小学球队的孩子们正在训练。程光摄

39

第一所希望小学

安徽省六安市金寨县，是著名的"将军县"，革命烈士不计其数，红色基因深厚。这里深居大别山腹地，交通不便，于1986年被确定为首批国家级贫困县。

1990年5月19日，由共青团中央、中国青少年发展基金会援建的全国第一所希望小学——金寨县希望小学正式落成，徐向前元帅亲笔题写校名。

1990年5月22日，《人民日报》的报道《"希望工程"第一站"希望小学"在金寨建成》这样写道："'金寨县希望小学'是团中央、中国青少年发展基金会倡导的'希望工程'的第一个实施点。'希望工程'将长期帮助贫困地区失学少年重返校园。"自此，希望小学如雨后春笋般出现在中国大地上，为教育落后地区和当地贫困学子打开了通向希望的大门。

金寨县希望小学的前身南溪小学，占地不到5000平方米，教职工不足10人。2019年，学校已有2个校区，共占地约3.6万平方米，有教学班40个、学生约2000人、教职工100余人，先后有650余名贫困生得到希望工程和其他社会爱心人士的资助。

　　学校已发展成一所现代化、具有时代特色的示范性农村小学，美术、音乐、体育、科学探究等功能室一应俱全，书法、美术、葫芦丝等兴趣小组丰富多彩，并实现了校园网络全覆盖。

金寨县希望小学老照片。金寨县希望小学提供

希望小学带来希望

余淦，接受采访时为金寨县希望小学教师、在金寨教书37年

　　早上7点50分，金寨县希望小学五年级数学老师余淦准时来到学校，这天上午，他有两节课要上。走进明亮的教室，打开讲台上的多媒体教学软件，大屏幕上立刻显示出课件。

　　1983年，高中毕业的余淦回到自己的母校南溪小学任教。那时的情景他仍然历历在目。南溪小学就在彭氏祠堂，校舍是几间土坯茅草房，窗户都没有玻璃，到冬天才会糊上纸和塑料薄膜；教室里没有电灯，所以学校一早一晚不能上课，阴天也不能上课；桌椅板凳都破破烂烂；体育课就是把孩子们带到河边的沙滩上自由活动……

　　"那会儿不到10个老师要教200多名学生，我自己就教语文、数学和体育。"余淦说。即便如此，南溪小学在当地依旧是基础比较好的。拿着每个月30块5毛的工资，余淦很知足。

　　余淦从来不敢想自己有一天也能在宽敞明亮的教室里讲课。1990年2月，南溪小学要改建成全国第一所希望小学的消息让这个小镇兴奋起来。"虽然不太了解希望工程和希望小学，但是我知道，学校的办学条件肯定会大大改善，附近上不起学的孩子们也可以读书了。"现在回忆，余淦依旧藏不住笑容。

接着，大批工人日夜施工，师生们临时租用民房上课，木板刷上黑漆做黑板，条件艰苦。可眼见着学校里两层的教学楼一砖一瓦地垒起来了，余淦心里高兴。

1990年5月19日，金寨县希望小学正式落成。余淦还记得第一次带孩子们进入新教学楼的场景："学生们欢呼着一窝蜂地往楼里挤，拦都拦不住。教室里宽敞明亮，黑板和课桌椅子都是新的，有的学生坐下就不想起来，小手在桌子上摸了又摸，不舍得放开，我也在新黑板上多写了几个字。"

金寨县希望小学建成当年，招生人数就增加了100多人，大部分是原先辍学或者因为贫困上不起学的学生。

相伴而来的也有"烦恼"。新教学楼一步到位，配备了电化教室，有了幻灯机。"那会儿已经教了好几年书了，就是一根粉笔打天下，幻灯机哪有人捣鼓过，见都没见过。"老师们犯了难。

没办法，学！学校从外地请了老师教授幻灯片制作和使用，折腾了一个星期，总算是上了手，余淦就迷上了用幻灯机。"那个时候为了省钱，用最便宜的水彩笔和玻璃板，写上公式定理和算术题，用手一摸就花掉了。可在大屏幕上一放，学生好奇，听课时眼睛都放光。"余淦说。

2019年，金寨县希望小学已经有了两个校区。在这里教了37年书的余淦，一点点见证了学校的变化。

金寨县希望小学校长江淮说："能够成为全国第一所希望小学是我们的幸运。政府的支持和爱心人士的资助，让这里的孩子们看到希望，明白为什么要读书，也让老师们愿意教学、乐于教学，希望小学改变了大家的精神面貌。"

（徐靖采访整理）

40

第一届全国运动会

　　1959年9月13日至10月3日，中华人民共和国第一届全国运动会在北京举行。这是新中国竞技体育的一次全面展示。

　　金色的跑道、金色的麦穗构成了首届全运会会徽的主体，其中火红的"1"字犹如一枚火箭，象征全国人民热火朝天建设新中国的激情。

　　36个比赛项目、6个表演项目，29个代表团的1万多名运动员角逐赛场……第一届全运会，留下的不仅是奋斗的汗水、激动的泪水和顽强拼搏的瞬间，更有优异的竞赛成绩。7人打破4项世界纪录，展现了新中国体育健儿的卓越风采。

　　首届全运会，还向新中国成立10年来打破世界纪录和获得世界冠军的40多名运动员颁发了体育荣誉奖章。

　　截至2019年，全运会已经走过十三届，它的作用早已超越赛事本身，成为中国体育事业改革的风向标和助推器。曾经，全运会是国内练兵的主要赛场；而今，提倡节俭办赛，淡化奖牌意识，强调全民共享。在天津举办的第十三届全运会，不设金牌榜奖牌榜、鼓励部分项目跨单位参赛、19个群众项目首次亮相等改革措施，让58岁的全运会拥有了崭新的面貌。

破世界纪录，为国人争光

穆祥雄，游泳运动员，第一届全运会上打破男子100米蛙泳世界纪录

穆祥雄出生于天津的一个游泳世家，父亲穆成宽就是一名游泳健将。穆祥雄4岁开始学游泳，那时父亲给他看了一幅外国报纸上的漫画，画面中一个双腿发抖的亚洲人面前放着一个鸡蛋，蛋上画着奥林匹克会旗，标题写着"东亚病夫，妄图在奥运会上打破零的纪录"，最后结论是"不可能"。

"父亲对我说，中国人勤劳、勇敢、创新，有很多优秀的品质，我们一定要努力，不能输给外国人。"自那以后，穆祥雄时刻牢记"为国争光"的家训，苦练游泳，希望有朝一日能为中国人扬眉吐气。

1958年12月至1959年9月，穆祥雄连续打破男子100米蛙泳的世界纪录，这在世界游泳史上都是罕见的。而他第三次突破自己的世界纪录，正是在第一届全运会上。

首届全运会，是新中国成立10年来体育事业的一次大检阅，也是新中国体育史上一件具有里程碑意义的大事。根据当时的情况，比较有希望创造世界纪录的是举重和游泳等项目。

　　第一届全运会开幕前夕，国家体委在北京召开了誓师大会。穆祥雄当时已是世界泳坛名将，作为运动员代表在誓师大会上发言。"当着时任国家体委主任贺龙老总的面，我表明了决心：要在全运会上再破世界纪录。"当天下午，在北京陶然亭游泳池举行的一场游泳热身赛中，穆祥雄第二次打破男子100米蛙泳的世界纪录。在全运会前破纪录是一件喜事，但已经两次打破世界纪录的他，还能在全运会的赛场上更进一步吗？

　　全运会开幕后，举重冲击世界纪录失败，大家对破纪录的期待都集中到了游泳上，给穆祥雄带来了巨大的压力。

　　9月17日，男子100米蛙泳决赛现场挤满了观众，大家都期待穆祥雄能够再创佳绩。发令枪响，8名健儿飞身入水，穆祥雄凭借自创的"半高航"式游法在碧波中飞速前进，率先冲向终点。

　　宣布成绩的前一刻，游泳馆里鸦雀无声。当扩音器传出"穆祥雄百米蛙泳一分十一秒一，第三次打破了世界纪录"时，观众欢呼着，跳了起来。

　　穆祥雄出水后，父亲穆成宽和他拥抱在一起。老人流下了泪水，穆祥雄也闪着泪花。"好啊，祥雄，总算没有辜负大家的希望。"

　　比赛结束，国家体委的领导对穆祥雄说，"穆祥雄呀，你比赛的时候我们都紧张得不敢看，跑到外面去等着，一听到结果马上回到场馆里。你取得的成绩，是为新中国成立10周年献礼。"

　　闭幕式上，穆祥雄荣获国家体委颁发的体育运动荣誉奖章。周恩来总理为穆祥雄戴上奖章，并握着他的手说："你为中国人争了光，希望你再接再厉，继续攀登世界高峰。"

（孙龙飞、李硕采访整理）

1952年，中国代表团到达芬兰赫尔辛基后在奥运村举行升旗仪式。资料图片

41

第一次参加奥运会

    新中国体育在奥运舞台上的首次亮相颇费周折，但参与就已经是成功。

    1952年7月19日—8月3日，第十五届奥运会在芬兰赫尔辛基举办。这是新中国参加的第一届奥运会。

    1952年7月17日，国际奥委会在赫尔辛基举行第四十七届会议，通过了邀请中国运动员参加本届奥运会的决议，但中华全国体育总会收到邀请时距离开幕式只有几个小时了。周恩来总理在7月19日作出了"要去"的批示，并指示多做友好工作，要通过代表团的工作和运动员的精神面貌去宣传新中国。

    40人的中国代表团经过两次转机，历时3天终于抵达赫尔辛基，此时本届奥运会已经进行了10天。最终只有游泳运动员吴传玉参加了100米仰泳的比赛，成绩为1分12秒3毫秒，这也是新中国运动员留在奥运会上的第一个成绩。闭幕式上，男篮国家队队长张长禄高擎国旗走入会场，五星红旗首次飘扬在奥运会的赛场。

1979年，《名古屋决议》恢复中华人民共和国在国际奥委会的合法席位，中国与奥林匹克运动的联系日益紧密。1984年，许海峰取得新中国体育的首枚奥运金牌。2008年，北京举办了一届"无与伦比"的夏季奥运会，2022年又成功举办冬季奥运会。现代奥林匹克成长的年轮里，中国留下了一个又一个深刻的印记。

在奥运赛场展示"新中国"

张长禄，接受采访时93岁，篮球运动员，1952年赫尔辛基奥运会闭幕式中国体育代表团旗手

"我们是热血的青年，随时响应祖国的召唤，哪里需要就到哪里，一点也不食言……"每当唱起这首球队自己编写的队歌，93岁的张长禄依然能回想起当时的青春岁月。

新中国成立初期，各项事业百废待兴，体育部门的训练比赛环境也非常艰苦。"没有篮球馆，搭个棚子算改善条件了，吃饭是一勺青菜两个馒头，很少有肉。"张长禄说。每当国家队在地方集训，所经之处都能得到当地群众的热烈欢迎和关注，"有的球迷爬到树上看我们训练"。张长禄回忆："我们有自我要求，中国队队服穿在身上，这是荣誉也是责任。"

1952年，中华全国体育总会成立，毛泽东主席题字"发展体育运动，增强人民体质"，明确了新中国体育事业的目的和方向是为人民服务。"从这时开始，新中国体育事业就慢慢开展起来。"张长禄说。

同样是1952年，中国接到赫尔辛基奥运会组委会的邀请。经过研究，中央作出了参加本届奥运会的决定。"当时考虑，只要五星红旗飘扬在奥林匹克运动场上，就是我们的胜利。"张长禄说。

中国代表团前后历时三天、转了两次飞机才抵达赫尔辛基。中国男篮抵达后没赶上正式比赛，最终只打了几场友谊赛。但作为正式代表团，中国可以参加闭幕式，作为当时男篮国家队队长的张长禄有幸成为旗手。

这是一项重要而光荣的任务。张长禄很高兴，同时也考虑如何做到万无一失：万一场上出现了各种意外怎么办？

闭幕式当天，中国代表团进场，张长禄双手高举旗杆，步伐平稳，努力让国旗迎风飘起来。"当时我就盯着这面旗，观众怎么样我看不见，怎么欢呼我也根本听不见，很多年后我看了视频录像，给了我17秒镜头，我觉得我表现还不错。"

张长禄回忆，当时许多外国人没见过五星红旗，奥运会主办方准备的中国国旗颜色和五角星也不准确，等中国代表团带去了国旗，奥运村才升起了真正的五星红旗。

当时，国际社会不了解新中国，新中国也不了解世界。因此，新中国成立后第一次派体育代表团参加奥运会，中国人民以崭新的面貌登上国际体育舞台，具有非凡的历史意义。"举着国旗走进会场，意味着我们来了，中国来了，那一刻我确实感到自豪。"

篮球运动1894年传入中国，具有广泛的群众基础。"正是通过赫尔辛基奥运会，我们看到了与世界先进篮球竞技水平的差距。"中国篮球乃至整个中国体育从此将眼光投向了世界。

（范佳元、李硕采访整理）

知 ⟩◦◦◦◦◦◦⟨ 识 ⟩◦◦◦◦⊛◦◦◦⟨ 链 ⟩◦◦◦◦◦◦⟨ 接

中国体育从零到一

赫尔辛基奥运会之后，中国体育健儿用优异的竞技成绩在世界体坛留下了无数闪光的名字。

1956年6月7日，陈镜开以133公斤的成绩打破了最轻量级挺举世界纪录，创造了中国第一个世界纪录。

1959年4月5日，容国团在第二十五届世界乒乓球锦标赛上斩获男单冠军，这是中国历史上第一个世界冠军。

1984年7月29日，许海峰在第二十三届奥运会上以566环的成绩获得男子自选手枪慢射金牌，这是中国奥运史上的首枚金牌。

2002年2月16日，杨扬获得第十九届冬季奥运会女子短道速滑500米冠军，这是中国第一枚冬奥会金牌。

截至2018年11月25日，中国队运动员自改革开放以来获得的世界冠军数已达3428个，创、超、平世界纪录达1158次。

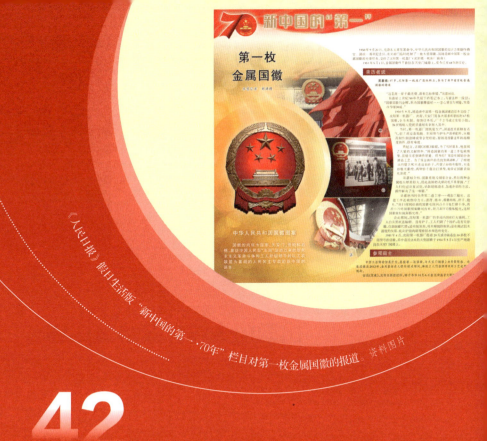

42

第一枚金属国徽

1950年9月20日，毛泽东主席发布命令，公布中华人民共和国国徽图案及图案制作说明。有关部门临时赶制了一枚木质国徽，但木质国徽风吹日晒容易变形开裂，因此需要一枚金属国徽来替换，而铸造新中国第一枚金属国徽的光荣任务，交给了沈阳第一机器厂（沈阳第一机床厂前身）。

1951年5月1日，金属国徽终于悬挂在天安门城楼上。

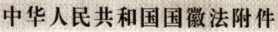

国徽闪金辉，我来铸银坯

吴嘉祐，接受采访时97岁，沈阳第一机床厂退休职工，参与了新中国首枚金属国徽的铸造

"这是我一辈子最光荣、最难忘的事情。"吴嘉祐说。

吴嘉祐20世纪50年代留下的笔记本上，写着这样一段话："国徽国徽闪金辉，我为国徽雕银坯……忠心常在久相随，笑看中华展神威。"

1950年9月，铸造新中国第一枚金属国徽的任务交给了沈阳第一机器厂。此前，天安门及各大部委所悬挂的67枚国徽，全为木制。接到任务后，厂子立马成立攻坚小组，28岁刚刚入党的吴嘉祐有幸加入其中。

当时，第一机器厂刚恢复生产，铸造技术虽稍有名气，但工具设备简陋。车间用勺炉生产简单配件，从模具制作到浇铸成型全凭经验，要铸造国徽这样的高精度铸件，很有难度。

话剧《国徽》的编剧黑纪文，为了写好剧本，曾查阅了大量的文献资料。黑纪文介绍："铸造国徽的第一道工序是制作模型，模型直接关系到铸件质量。当时厂里为了保证铸件的花纹饱满清晰，特地从内蒙古和大连运来沙子制作模型。内蒙古沙细有黏性，大连沙粗无黏性，两种沙子混合打铸模型，能保证国徽表面光洁度。"

吴嘉祐介绍，国徽质地为铜铝合金，然而两种金属熔点相差较大，因此浇铸的火候、时机不易掌握。"工人们经过反复试验，采取局部浇水、加速冷却的方法，最终解决了这一难题。"

吴嘉祐当时负责精加工抛光工序。这道工序还被细分为五步：清理、修补、精雕细琢、刮平、抛光。"我们用钢丝刷将国徽毛坯凹凸不平处打磨干净，再用小刀将国徽图案雕刻出来，刮刀刮平后整体抛光，这样国徽就如镜面般光亮。"

在此期间，沈阳第一机器厂的车间内彻夜灯火通明，工人白天黑夜连轴转，困了就在厂房里和衣而睡，饿了拿着窝窝头就着咸菜吃。没有炉子，工人们砌了个砖炉；没有化铝罐，自制铁罐代替；没有脱氧剂，用木棒搅拌脱氧；没有测试铝水温度的仪器，就在炉前肉眼观察铝水颜色的变化。

1951年4月，沈阳第一机器厂提前20天成功铸造出10多枚不同型号的国徽，其中直径2米的大型国徽于1951年5月1日庄严地悬挂在天安门城楼上。

（刘洪超采访整理）

参观贴士 〉〉〉〉〉〉〉〉〉〉〉〉〉〉〉〉〉〉〉〉〉〉〉〉〉〉〉〉〉〉

中国工业博物馆展示的悬挂国徽的资料图片。
刘洪超摄

中国工业博物馆展厅内，悬挂着一枚国徽，与天安门城楼上的同等规格。这枚国徽是2012年由吴嘉祐老人担任技术顾问，工人们按照原来的工艺流程铸造的。

43

第一个法槌

　　在国家博物馆举办的"伟大的变革——庆祝改革开放40周年大型展览"上，一个小小法槌吸引了众多观众的目光。这是新中国使用的第一个法槌。

　　福建省厦门市思明区法院内，矗立着这个法槌的雕塑。法槌上部，是中国传统神话中象征着公平正义的神兽獬豸。传说中，人们发生纠纷时，獬豸能明辨是非，将它头上的独角顶向无理的一方。这一设计，寓意对中华传统法律文化的传承；法槌的槌柄刻有麦穗和齿轮，寓意司法权力来自人民，法官行使的审判权是人民赋予的，彰显了社会主义法治理念；法槌的底部做成方形，寓意法官方正，法律是规矩；圆形的法槌和方形的底座又寓意"不以规矩，无以成方圆"。

　　2001年9月14日，就是这样一个由思明区法院自主设计的法槌，被时任思明区法院院长陈国猛在庭审中敲响。

第一槌，司法改革的独特印记

刘新平，时任福建省厦门市思明区法院院长

小小法槌，从无到有，开创我国庭审敲槌先河，更折射出司法工作的创新与发展。

"在法槌诞生之前，法院尤其是基层法院的庭审秩序经常出现意料之外的状况。为了维持庭审秩序，掌控庭审节奏，法官们不得不想尽办法，甚至只能采取提高音量、拍桌子等方式。"刘新平说。

如何寻找一个既能有效管理庭审秩序，又能体现法官威严的庭审辅助工具？时任院长陈国猛带着法官们展开讨论。有的认为法铃好，国内有振铎醒世的古语，也有例可循；有的认为应该用古代县衙里的惊堂木，既可以延续传统，也能够引起庭审参与各方的注意；也有人认为用法槌更好，与国际接轨，体现现代法治理念。

众说纷纭，如何决策？陈国猛颇费了一番脑筋。惊堂木在中国的使用由来已久，但也因此与县衙等封建衙门联系在一起，用在现代法庭上显然不妥；铃铛更容易让人想起学校的上课铃声，与严肃的法庭始终有些距离；西方国家大多用法槌，但没有体现中国特色与传统文化要素……在综合其他法官意见后，陈国猛最终拍板：法庭器具不仅是工具，更应传达法治内涵。由此，确定下法槌这一国际通用工具，同时加入中国特色元素。一方面，采用象征工人和农民的齿轮和麦穗元素；一方面，以古老的司法图腾獬豸作为传统文化代表。

方案确定了，陈国猛马上安排郑金雄法官负责具体落实。郑金雄找到做木雕的老乡一起琢磨，最后决定法槌槌头的上半部雕成独角兽獬豸的形象，寓意为公平正义至上；法槌的柄上浅雕出麦穗的花纹，在手柄靠近槌头处雕成一个齿轮，这样既能表现出审判权力源于人民、掌握在人民手中的深刻内涵，又便于使用，避免因手滑出现抓不牢的情况。做好法槌样品后，郑金雄又琢磨起法槌底座。方形底座寓意法官方正，法律是规矩，有很强的原则性。至于用什么材料，木雕师傅也没有经验。郑金雄只好自己找来实木、聚合板材一一试验，试了70多种材料后，终于选定声音清脆响亮的硬木花梨木。

陈国猛对刚做好的法槌样品很满意，但多次试敲后，陈国猛始终感觉法槌敲击底座的声音仍然短促，不够响亮。经过反复试验、推敲，二人发现底座部分雕空后，敲击的声音不再短而直，还有了些空灵的韵味。终于，一款融国情、传统与社会主义法治理念于一身的法槌就这样诞生了。

思明区法院敲响的"第一槌"，很快引起了最高人民法院的注意。经过调研，2002年6月1日，法槌开始在全国法院统一使用。"出于成本和使用便捷性考虑，最高人民法院简化了法槌的设计。"刘新平介绍，全国统一的法槌，保留了"第一槌"的主体造型，采用了两头圆形的国际通行样式。思明区自主设计的"第一槌"，收藏于中国法院博物馆，成为我国司法改革历史进程中的一道独特印记。

（钟自炜采访整理）

知 ━━━━━ 识 ━━━━ 🔗 ━━━ 链 ━━━━━ 接

法槌不是惊堂木 ///

惊堂木亦称"惊堂",又名"气拍""醒木",也有叫"界方"和"抚尺"的,是旧时官员审判案件时拍打桌案以示威的小木块。一响之下,满堂皆惊,具有严肃法堂、壮官威、震慑受审者的作用,所以俗称"惊堂木"。惊堂木一般呈长方形,有角有棱,取"规矩"之意。《醒世恒言》等文学作品中也曾提到使用惊堂木的场景。

当前使用的法槌槌体顶部镶嵌象征公平正义的天平铜片,整个底座由一块整木制成,敲击时声音清晰响亮。圆形槌体与方形底座的组合,寓意法律的原则性与灵活性相结合。

法槌不同于中国古代的"惊堂木"。惊堂木的使用有随意性,而法槌的使用有严格的程序和规定,两者性质完全不同。这不仅是审判形式的改革,也是树立司法尊严、追求公正与效率的要求。

2002年6月1日,《人民法院法槌使用规定》开始施行,明确规定了法庭审理中使用法槌的不同阶段及程序,若违反将按照规定追究其法律责任。

参观贴士 >>>>>>>>>>>>>>>>>>>>>>>>>>>>>>>>

思明区法院内的"第一槌"雕塑　钟自炜摄

厦门市区内有两地可以看到"第一槌"的复刻模型。思明区法院内有按36：1的比例再现的法槌雕塑；厦门市鼓浪屿上的公民司法体验基地也有"第一槌"模型。

新中国第一只公开发行股票——上海飞乐音响公司股票。上海证券交易所提供（周船摄）

44

▎第一只公开发行股票

　　上海飞乐音响股份有限公司是上海市第一家公开发行股票的企业，也是第一家真正的股份有限公司。邓小平同志曾将一张面值50元的"飞乐音响"股票，赠予来访的美国纽约证券交易所主席约翰·范尔霖。

飞向公众的小飞乐

秦其斌，时任上海飞乐电声总厂厂长

　　1984年，股份制的观点刚刚提出不久。那时，"星期日工程师"开始流行，技术工人往往白天为企业工作，晚上和周日为乡镇企业工作。新企业如果给员工机会认购股份，是不是就可以把这些工人凝聚起来呢？时任上海飞乐电声总厂厂长的秦其斌这么琢磨着，没想到成了第一个股份制企业的操作者。

　　提起"小飞乐"股票，秦其斌回忆，他们当时只是想搞一个企业内部的改革。电声总厂拿出一部分资金，另一部分资金向内部员工筹集，企业和员工的利益捆绑起来了，不是一举两得吗？得到上海市有关领导肯定后，大家信心倍增，跃跃欲试。

　　他们是这么设计的，新公司注册资本金为50万元，其中，电声总厂和员工各出资50%，每股50元。工商银行静安分理处主动替飞乐音响写方案，并上报中国人民银行上海分行审批。

　　这本是一个企业内部改革的故事，改革方案也仅仅是内部的，并未涉及公众。但是，因为一篇报道，故事发生了转向。

1984年11月15日,《新民晚报》刊发了一则短消息,但是,它产生的波澜却大大出乎预料。报道中写道:上海飞乐电声总厂厂长秦其斌透露,将于本月十八日开业的上海飞乐音响公司,采用集体、个人自愿认购股票形式来筹集资金。对全部个人股票实行"保本保息"优惠方案。股票按银行一年定期储蓄存款息率计算股息,每年用现金支付一次,以确保个人利益不受损失。对个人或集体认购股票,实行自愿原则,即"自愿认购,自愿退股"。

第二天,《新民晚报》和上海飞乐电声总厂的电话都响个不停,还有人上门造访。大家都在问,怎么买股票?

秦其斌这才意识到,公众对这一报道有了误解。原本设计中,"集体、个人"仅限企业内部,但被理解为社会上的企业和个人。

秦其斌感到压力了,"不能让人家搞宣传的人为难哦!"在这样的背景下,厂里计划,拿出10%的股份给社会上的个人认购。而当时厂里部分职工对出资认购股票还有顾虑。

1984年11月18日,经中国人民银行上海分行批准,由上海飞乐电声总厂、飞乐电声总厂三分厂、上海电子元件工业公司、工商银行上海市分行信托公司静安分部发起设立的上海飞乐音响股份有限公司成立,向社会公众及职工发行股票。总股本1万股,每股面值50元,共筹集50万元股金,其中35%由法人认购,65%向社会公众公开发行。第一家股份制企业就这样诞生了。

"许多媒体说我们是第一股的创始人,其实这是一个美丽的误会,真正创造这个第一的是上海人民,是他们对股票的认知、对上市公司的熟悉,也因为他们的热情,'小飞乐'第一股才得以推出。"秦其斌说。

（谢卫群采访整理）

上海证券交易所内景（浦江饭店时期）。徐汇摄

45

第一家证券交易所

改革开放后，随着商品经济的发展和股份制企业的出现，通过发行股票和债券募集资金发展经济渐成共识，建立规范的集中统一的场内交易市场的必要性和迫切性与日俱增。在国内外环境的综合影响下，上海证券交易所应运而生。

1990年11月26日，经国务院授权、由中国人民银行批准建立的上海证券交易所正式成立，这是改革开放以来中国大陆第一家证券交易所。上海证券交易所同年12月19日开市，并采用计算机系统进行交易。

截至2018年末，沪市上市公司共1450家，股票总市值26.95万亿元；2018年全年股票累计成交金额40.32万亿元，股市筹资总额6114亿元。债券现货挂牌数12089只，托管量8.38万亿元，累计成交216.95万亿元。基金挂牌总数达233只，累计成交7.17万亿元。沪市投资者开户数量已达29610万户。

上交所，诞生在电子交易时代

尉文渊，上海证券交易所筹备小组组长

"上海证券交易所年内就将开业。"1990年6月，时任上海市委书记兼市长的朱镕基宣布这句话，释放的是中国继续改革开放的鲜明信号。

1990年7月3日，尉文渊被任命为上海证券交易所筹备小组组长。此时距年内开业不到半年。找房子、装修、写章程……尉文渊全身心投入。

最难的是找地址。交易所总得有个像样的交易大厅。找一座楼，大厅像模像样，有改造成交易大厅的潜质，这是尉文渊的第一个任务。

中国人民银行上海分行行长龚浩成建议交易所最好放在外滩。尉文渊几乎走遍了外滩一带，最终在与外滩一桥之隔的虹口地界有了发现。他步行到浦江饭店，一进大楼一层就怔住了。正作为大餐厅使用的孔雀厅挑空两层，装饰有汉白玉刻成的孔雀图案。"将这个大厅改造下，正好当交易大厅。"尉文渊如释重负。

浦江饭店，这座拥有100多年历史的建筑，成为改革开放最直接的见证者之一。

如何交易也是个难题。当时，世界上的交易所大多是手势交易，可尉文渊决定用电脑。很多人提出反对，理由很现实：一共才8只股票，有必要用上计算机这样的稀缺品吗？但尉文渊不这么认为："都90年代了，还重复30年代的交易方式？总要有些进步吧！"时任中国人民银行上海分行分管副行长的罗时林没有反对，也没追问，放手让他去做。

在中国人民银行上海市分行借的500万元经费中，尉文渊抽出100万元建立了计算机交易系统。上海证券交易所从诞生就进入了电子交易时代，这正是它与众不同之处。

12月19日，上海证券交易所举行开业仪式，见证中国证券市场新的开始。

在各级领导的注视下，尉文渊走上二楼，敲响了中国证券交易所的第一锤。

上海证券交易所是改革开放以来中国大陆开业的第一家证券交易所，标志着我国证券市场有了固定的现代化交易场所，也标志着我国证券市场的基本框架已经建立。

（谢卫群采访整理）

参观贴士 ＞＞＞＞＞＞＞＞＞＞＞＞＞＞＞＞＞＞＞＞＞＞＞＞＞＞＞

中国证券博物馆位于浦江饭店原址——上海市虹口区黄浦路15号。馆内藏品丰富，以股票、期货、债券、基金、期权等市场藏品为主，展示了我国改革开放以来证券期货业发展历程及历史渊源，兼顾全球证券期货市场历史文化成果，旨在建设成为证券期货藏品展示中心、证券期货文化国际交流中心和证券期货知识教育研究中心。

袁隆平与全国杂交水稻顾问组专家在试验田。湖南杂交水稻研究中心提供

46

强优势籼型杂交稻问世

1960年，在湖南安江农校工作的青年教师袁隆平，有感于中国面临的粮食短缺难题，开始研究提升水稻产量的方法。

一句"施肥不如勤换种"的当地民谚，让袁隆平意识到，生产水稻良种最具有紧迫性。于是，他着手开展水稻品种选育。1961年，一株偶然发现的天然杂交水稻，给了袁隆平启发：自花授粉的水稻，也具有杂交优势，只要人工培育出具有优势的杂交品种，就有希望提高水稻产量。

数年间，以袁隆平为首的科研团队，在湖南、海南、广西、云南等地进行了艰苦的选育工作，最终于1973年取得成功。

1974年，第一批可应用于大规模生产的杂交水稻种子"南优2号"，被播撒到湖南和广西两地试验田里。同等条件下，一般每亩增产50—100公斤，比当地优良品种增产约20%。

强优势籼型杂交水稻培育成功后，我国水稻产量大幅提高。此后，东南亚、非洲、北美等地的许多国家，纷纷到中国学习杂交水稻技术。杂交水稻技术，不仅有助于解决中国粮食安全问题，同时也推动了世界粮食生产的一次革命，造福了世界人民。

袁隆平与助手一起研究水稻。湖南杂交水稻研究中心提供

在袁隆平团队同杂交稻打交道

罗孝和，接受采访时 82 岁，湖南杂交水稻研究中心研究员，

1970 年加入袁隆平科研团队，三系杂交稻研究的主要参与者

"先看看这个！"湖南杂交水稻研究中心会议室，记者见到了罗孝和。老人精神矍铄，未及发问，先展示了一份发明专利证书，上面是他的两系法杂交水稻研究成果，"仅此转让费一项，每年创汇数百万美元"。

罗孝和同杂交水稻打了一辈子交道，而引他走上这条道路的，正是袁隆平。

1970 年，罗孝和主动请缨，在组织安排下，进了袁隆平的研究小组。当时，袁隆平一直承受着很大的压力。一方面，当时学界有观点认为，异花传粉的植物才有杂交优势，自花传粉的植物不具有杂交优势，杂交对提高水稻产量并无帮助。另一方面，由于水稻的颖花很小，一朵花只结一粒种子，不能通过人工去除雄蕊的办法，完成稻株的杂交。"早些年，他到全国各农科院请教，很多人根本不信杂交水稻能搞出来。"

通过对遗传学理论的系统分析，袁隆平认为，自花授粉的水稻杂交依然能够产生优势品种。他进一步设想通过选育水稻不育系、保持系、恢复系品种，实现

"三系配套"的方法，以达到利用杂交优势的目的。

为寻找天然水稻雄性不育株，1964—1965年，袁隆平带着妻子和学生，在水稻扬花季，拿放大镜搜寻了几十万个稻穗，终于找到了4个品种中的6株雄性不育植株。用这些做材料，袁隆平科研小组做了3000多个杂交组合试验。

试验以水稻生长季为周期。湖南的冬季，气温低，做不了试验。从1968年起，每当寒流来袭，袁隆平就带上助手，在滇、琼、粤、桂等地辗转。他们像候鸟一样，追着太阳走，一年时间当两三年用。辗转的路途，背一床棉絮，卷一张草席，提一个装着种子的桶，赶车赶船。

试验地的工作和生活条件很艰苦。"当时，物资凭票供应，用肥皂都要互相体谅。"住宿条件不足，十几个人挤一个大通铺是常有的事情。在海南三亚南红农场，"床都是用木头搭起来的，铺上稻草，就成了睡觉的地方"。

此时，试验却连遭挫折。稳定的雄性不育系一直没有找到。1969年，袁隆平意识到，原来的材料可能亲缘太近。于是，团队将视线投向野生稻。1970年11月，在海南三亚南红农场附近的沼泽中，两位工作人员终于发现了一株花粉败育的野生稻。袁隆平将之命名为"野败"。试验中，"野败"的不育性状100%遗传。之后，全国兴起了利用该材料培植水稻不育系的大协作，涌现出一批水稻不育系及其保持系。

1973年，全国杂交水稻协作组从东南亚的一些品种中，又测得较理想的恢复系。杂交水稻"三系配套"顺利实现。

1974年春天，袁隆平团队在海南培育出了十来公斤杂交水稻种子"南优2号"。新制出的种子，很快被种下，并在那年秋天迎来丰收。长沙一处试验田，亩产505公斤。

1975年，整个海南三亚南繁基地，科研团队加班加点制作杂交稻种子。

1976年，从湖南到全国，群众的杂交稻种植热情高涨。"大水山峰高又高，层层梯田挂山腰，种子撒在云雾里，银河两岸种杂交。"湖南省桂东县的这首民谣，唱出了当时的盛况。

此后，中国研究杂交水稻的脚步从未停歇。袁隆平提出杂交水稻发展的战略设想，要从"三系"变为"两系"，最终变为"一系"。80年代开始，湖北等地的专家率先开始探索。90年代，罗孝和提出的方法，彻底解决了两系法制种应用过程中的几大难题。1997年，袁隆平开始超级杂交稻的研究。2019年10月底，第三代杂交晚稻在首次专家测产验收中，实现亩产突破1000公斤。

（申智林采访整理）

参观贴士 >>

隆平水稻博物馆目前为中国首家以水稻文化为主题的专题性博物馆，位于湖南省长沙市芙蓉区浏阳河东岸，占地30亩，总建筑面积1.1万平方米，展陈近5000平方米。

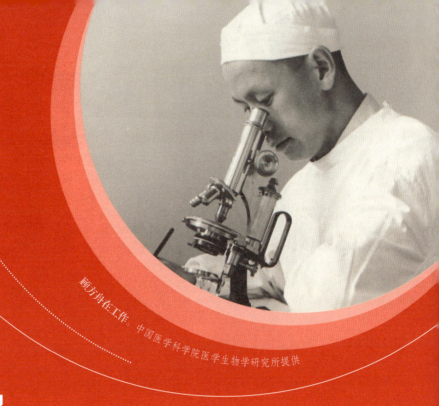

顾方舟在工作。中国医学科学院医学生物学研究所提供

47

脊髓灰质炎糖丸减毒活疫苗研制成功

20世纪60年代初，中国每年报告2万—4.3万例脊髓灰质炎（脊灰）病例。控制脊髓灰质炎，成为新中国公共卫生工作的重点。

1958年，我国首次分离出脊灰病毒，为免疫方案提供了科学依据。1959年，我国成功研制出首批脊灰活疫苗。1962年，我国成功研制糖丸减毒活疫苗。"糖丸"将不易贮存的液体疫苗转化为固体，大大延长了保存期，方便送往农村和偏远地区，能更大范围控制疾病风险。

疫苗在全国推广后，我国脊灰年平均发病率大幅下降，数十万名儿童免于致残。20世纪70年代的发病数较60年代下降37%，在1979—1988年间，报告病例比开展计划免疫前又减少71%。

2000年，世界卫生组织证实，中国本土脊灰野病毒的传播已被阻断，我国成为无脊灰国家。这是继全球消灭天花之后，世界公共卫生史上的又一重大成就。

董德祥研制脊髓灰质炎疫苗。董德祥提供

小糖丸，孩子心中永远的甜

董德祥，中国医学科学院医学生物学研究所原副所长，参与糖丸减毒活疫苗研制

1955年，一种被称为小儿麻痹症的恶疾在江苏南通暴发。这种疾病，由病毒引起，学名为脊髓灰质炎（脊灰），多发于7岁以下儿童。孩子患病后，有些手动不了，有些腿脚变形，最严重的不能自主呼吸，甚至导致死亡。

那时，我国对这种流行病知之甚少，国家将其列为法定报告传染病，仅南通一地就收到上千例报告。随后，发病地区迅速蔓延，青岛、上海、济宁、南宁……人人闻之色变，家家不敢开窗，儿童不让外出，每年因病致残的儿童多达数万名。

为应对疫情，董德祥和顾方舟、闻仲权、蒋竞武4位科学家被卫生部派往苏联考察。从学术会议得知，当时国际上有活疫苗和死疫苗之争。中国该怎么选？

当时，顾方舟查阅了所有能获取的公开资料，立足我国患病人口多、经济欠发达的实际，大胆提出走活疫苗技术路线的建议，最终被卫生部采纳。这一决策，对我国战胜脊髓灰质炎产生决定性影响。

决策已定，分秒必争。董德祥4人赶回国内，抓紧研制脊灰活疫苗。卫生部召集中国医学科学院及北京、成都生物制品所组成协作组，由顾方舟任组长，短短3个月就试制出Ⅰ、Ⅱ、Ⅲ型各500万人份的减毒活疫苗。

在第一期临床试验阶段，需要找10名易感小儿服苗观察。"我带的头，对疫苗有把握，我孩子小东算一个！"顾方舟率先给年仅一岁的儿子报了名。在他的感召下，大家纷纷参与，顺利完成试验。到了第三期临床试验，有450万名7岁以下儿童参与，结果发现明显降低了发病率。这证明活疫苗安全有效，具有很好的免疫学和流行病学效果。

1958年，中国医科院选址云南昆明，建设医学生物学研究所，作为疫苗生产基地。那阵子正赶上三年困难时期，又碰上苏联撤回援助。在昆明西郊海拔2100米的玉案山上，大家栖居山洞，白手起家，在每人每月仅有不到30斤粮食的情况下，顶着饥饿建实验室、修路、盖宿舍，硬是憋着一股劲，独立建好了研究所，并建立整套生产和检定规程。

活疫苗对低温要求很高，为方便运到偏远地区，必须改进剂型。顾方舟提出研制糖丸疫苗，并由董德祥具体负责。时任中国医科院副院长沈其震亲自选定药厂，采用中药制丸技术，将病毒液包裹在糖丸中制成疫苗。

历经3年，董德祥团队不断改进糖丸配方和滚丸工艺，1962年终于成功制出可在室温条件下延长保质期的糖丸疫苗，第二年全国推广。自此，一颗颗糖丸，挡住了脊灰病痛，成了全中国孩子们心中永远的甜。

随着疫苗需求增长，生产任务不断加大，从最初的每年500万人份，达到最高1亿多人份。为跟进病毒动态，研究所每年开展病毒学、血清学、流行病学调查，不断改进免疫方案，1985年又成功研制出三价糖丸疫苗。

所有科研工作者一起努力，奠定了战胜脊灰的基础。后来，由于工作调动，当年赴苏联的几位专家相继离开昆明，只有董德祥留下一直与疫苗做伴。

（邱超奕采访整理）

知 ━━━━○━━━━ 识 ━━━━◉━━━━ 链 ━━━━○━━━━ 接

中国脊髓灰质炎疫苗升级

中国的口服脊髓灰质炎活疫苗几经更新，越来越趋于完善和安全。

2015年，世卫组织宣布 Ⅱ 型脊灰野病毒已经在全球范围内被消灭。为此，世卫组织决定全球停用三价脊灰减毒活疫苗，改用含有 Ⅰ 型、Ⅲ 型两个血清型的二价减毒活疫苗。

2016年5月1日起，中国实施新的脊髓灰质炎疫苗免疫策略，停用三价脊灰减毒活疫苗（tOPV），采用二价脊灰减毒活疫苗（bOPV），并将脊灰灭活疫苗（IPV）纳入国家免疫规划。

2017年12月，由中国研发的口服二价脊髓灰质炎减毒活疫苗获得世卫组织预认证，被纳入联合国相关机构采购目录，成为中国第三支通过预认证并大批出口的疫苗。

人工全合成牛胰岛素结晶。中科院生化所提供

48

世界上首次人工全合成牛胰岛素

　　1965年9月，中国人工全合成牛胰岛素，是世界上第一次人工合成与天然胰岛素分子相同化学结构并具有完整生物活性的蛋白质，标志着人类在探索生命奥秘的征途中迈出了重要一步，开辟了人工合成蛋白质的时代。

研究人员做胰岛素 A、B 肽链拆合。　中科院生化所提供

一心一意，搞出中国的胰岛素

张友尚，接受采访时 94 岁，中国科学院院士，参与了牛胰岛素合成工作

　　人工合成胰岛素，最早是在1958年由中国科学院上海生物化学研究所提出的。时任生化所所长王应睐院士回忆，那时，人们都想对祖国作出大贡献。什么贡献才算大？"合成一个蛋白质"建议一出，便赢得一致赞同。

　　赞同，原因正在于"挑战性"。张友尚当时还是著名生物化学家曹天钦的研究生。他介绍，胰岛素是当时唯一阐明化学结构的蛋白质。1955年，英国化学家桑格完成了胰岛素的全部测序工作，并因此获得1958年诺贝尔化学奖。然而国际权威学术刊物有评论断言："合成胰岛素将是遥远的事情。"

　　人工合成胰岛素项目在1958年底被列入1959年国家科研计划，并获得国家机密研究计划代号"601"，意思是"60年代第一大任务"。参加的科研人员来自中科院生化所和有机所，以及北京大学、复旦大学等单位。

　　张友尚回忆，为了摸索合成路线，生化所兵分五路，根据专家特长分别做有机合成、天然胰岛素拆合、肽库及分离分析、酶激活和转肽研究。经过实践，后三条路线被否定，大家再集中于一、二两条路线和分离分析工作。

仅仅用了一年时间，他们成功拆合了天然胰岛素，将胰岛素B肽链的所有30个氨基酸分别连接成了各种合成肽，最长已达到10个氨基酸的长度。更重要的是，他们还确定了全合成胰岛素的研究策略，即采用先分别合成A、B两个肽链，然后进行组合合成的路线。

这样的结果令人大受鼓舞，有关方面开始组织人工合成胰岛素的科研群众运动——"大兵团作战"。当时，仅在中科院上海分院，就集中了5家研究所300多人的科研队伍。但此后，"大兵团作战"因收不到预期效果被叫停。

正逢国家经济困难时期，合成工作困难重重，党中央、国务院、中国科学院、教育部却都表示鼓励。

1963年，中科院生化所、有机所和北京大学3家单位重新启动协作，生化所合成B肽链，有机所和北京大学合作做A肽链。北京大学还从最初的研究羊胰岛素A肽链改做牛胰岛素A肽链，以便实现协同。

张友尚说，他做的是分离纯化重合成胰岛素工作，1959年就已完成，由于它关系到人工合成胰岛素的路线并未立刻发表，直到加拿大学者报道了类似工作后，才不得不在1961年公开发表。

"在人工合成胰岛素的研究工作中，有太多默默奉献的无名英雄。"张友尚说，"西方国家感到迷惑不解，为什么在科学还比较落后的中国能做出这样的工作。一个重要的因素是所有参加这一工作的人能够取长补短、密切合作，再加上领导者的精心组织，因而能发挥团队精神，在集体中充分发挥出每个人的聪明才智。"

1965年9月17日，在岳阳路320号的生化所实验室内，美丽而闪亮的人工全合成牛胰岛素结晶出现在科学家们的视野里。世界上第一次人工全合成了与天然胰岛素分子相同化学结构并具有完整生物活性的蛋白质。该工作被誉为"前沿研究的典范"，并于1982年荣获国家自然科学奖一等奖。在人工合成胰岛素研究中集中培养起的一批科研人才，日后成为我国生物化学界的中坚力量。

（姜泓冰采访整理）

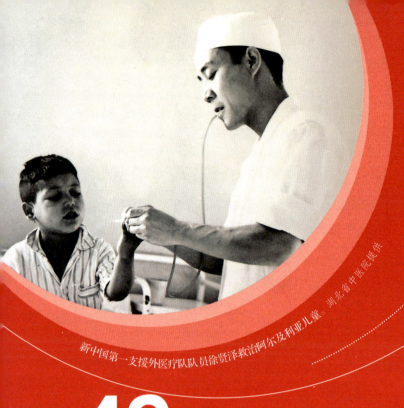

新中国第一支援外医疗队队员徐贤泽救治阿尔及利亚儿童。湖北省中医院提供

49

第一支援外医疗队

1963年，应阿尔及利亚政府邀请，中国派出援外医疗队，开启了中国援外医疗的历史。医疗队工作地点赛依达，靠近撒哈拉沙漠。当时，当地生活贫苦，医疗条件简陋，发病率和死亡率都很高。

中国医疗队陆续在当地开展的大型外科手术和疑难重症治疗，填补了阿尔及利亚相关领域的空白。在两年半的时间里，中国医疗队诊治37万多人次，手术3000多例，接生1000多名婴儿，未发生一次医疗事故。

改革开放后，随着中国对外交往不断扩大，派遣的援外医疗队数量逐渐增加。截至2018年7月，中国先后向亚洲、非洲、拉丁美洲、欧洲和大洋洲的71个国家派遣过援外医疗队，累计派出2.6万人次，诊治患者2.8亿人次。

新中国第一支援外医疗队队员徐贤泽（右）在工作。　湖北省中医院提供

我在阿尔及利亚救死扶伤

徐贤泽，接受采访时 85 岁，中国第一支援外医疗队队员，湖北省中医院退休医生

56年前，29岁的徐贤泽刚下夜班，便收到一个出差通知。"当时，人事科长告诉我是参加非洲援外医疗队，一定要保密。"徐贤泽回忆。

当年，医院选派3人，只有徐贤泽成行。

"当年，只有我爱人支持我，她仅提了一个要求——为肚子里的孩子起个名字。"徐贤泽告诉妻子，家里是书香门第，如果是男孩就叫彬，女孩就叫文，文质彬彬的意思。

徐贤泽跟随医疗队从北京出发，坐国际列车到莫斯科，再搭乘飞机辗转来到了阿尔及利亚的赛依达，在路上花了整整10天。

"虽然去之前有一定心理准备，但阿尔及利亚的条件还是超出我们预期。"徐贤泽一边回忆，一边摇头，"首先是饮食不习惯。当地厨师所做的牛肉，每块巴掌大，1厘米厚，表面烤熟，切开后里面还有血水。"好在不久后，当时的卫生部派来了中国厨师。"在那边第一次吃到肉包子时，我吃了许多，肚子饱得走不动路。"徐贤泽笑着对记者说。

更让人不安的是当地的紧张局势："我们当时还赶上一次政变，后来盼到大使馆的车来，警报解除，我们才安心了。此后我们采取的管理措施更严格了，队员们的活动范围基本围绕在宿舍、医院、医疗队三点一线，一般不外出。"

虽然条件艰苦，但当地人将中国医生当作尊贵的客人。徐贤泽说，医疗队不时会被邀请参加当地人的婚礼，还两次受到阿尔及利亚总统的接见。

原定半年至1年的援外，因阿尔及利亚政府3次强烈挽留，一再延期。徐贤泽在非洲待了两年多，直到1965年10月才回国。回到家中，家里的男孩彬已经两岁多了。

援外期间，徐贤泽印象深刻的是抢救一名产妇。1965年，一名产妇被送到医院后大出血。当时正赶上当地人过节，找不到献血的人。于是徐贤泽和一个同事毫不犹豫地给这名产妇献了血。当天，产妇平安生产。第二天，这名产妇当面向徐贤泽和同事表示感谢，场面十分感人。

（申少铁采访整理）

我国第一支青年突击队——胡耀林木工青年突击队部分成员合影。北京建工集团提供

50

第一支青年突击队

　　1954年1月13日，北京建筑工人胡耀林等18名团员青年，在北京展览馆工地举起了全国第一面青年突击队旗帜。青年突击队就像一股春风，吹遍了北京建筑、市政以及其他行业，并迅速推向全国。到1954年12月，26个省（区、市）在"重点试建，逐步推广"方针指导下，建立青年突击队650支，队员1.2万人。

　　数十年来，从新中国十大建筑、亚运工程，到奥运工程、抗震救灾，再到服务首都"四个中心"建设、京津冀协同发展、"一带一路"倡议，都刻下了青年突击队的光荣印迹。

　　数十年来，一代又一代青年突击队汇聚在青春的旗帜下，创造了一项又一项奇迹，凝聚成推动企业、国家和社会发展的强大力量，书写了一部催人奋进的辉煌篇章。

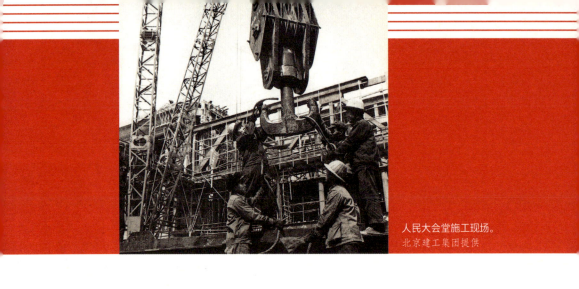

人民大会堂施工现场。
北京建工集团提供

一不唱歌二不跳舞，就是玩儿命干

徐金弟，接受采访时 87 岁，胡耀林木工青年突击队成员

　　87岁的徐金弟是全国首支青年突击队——胡耀林木工青年突击队的成员。当年的18名队员，2019年时，只剩两个人在世。那段火热青春积淀下的记忆让徐金弟至今难忘。

　　"第一支青年突击队，可以说完全是被'逼'出来的。"徐金弟说。1953年，首都开始新建一批基础性工程。这些项目任务重、工期紧、建筑工艺水平高，当时的建筑企业在管理水平和生产效率上很难跟上任务要求，负责工程的5名苏联专家曾因施工进度毫不避讳地批评中方管理、技术水平落后。

　　1954年初，北京展览馆工程进入混凝土结构施工阶段，又碰到了新难题——搭建展览馆工业馆拱顶支撑模板。这个工程跨度32米，高22米，7个木工组没有一个敢接这个"活儿"。更关键的是，1954年的春节马上就要来了，大批工人要回家过年。

　　工地给穹顶定的是478个工日，许多人都认为这是不可能完成的任务。其中一个苏联专家对工地分团委书记曹建华说，苏联在战争时期为了提高战斗能力和处理急难险重任务，成立了青年骑兵突击队，你们能不能搞一个类似的组织，来带动整个工程。

曹建华把建议汇报给工地党委，获得同意后派人到各个班组抽调业务能力强、肯吃苦的年轻人。徐金弟和另外17名工友被整编到一起，党员胡耀林担任队长，22岁的放线工徐金弟担任团小组长，其他队员都是团员。"你们是工地上的佼佼者，你们一不唱歌，二不跳舞，最需要你们的就是吃苦精神。"至今徐金弟老人依然记得曹建华给他们做动员时的讲话。

胡耀林木工青年突击队成立后，第一场硬仗就是搭建展览馆工业馆拱顶支撑模板。在虚心向老师傅和技术人员学习后，他们接受了木工大队长的建议，将拱梁两边的模板截成两块安装，既节省时间，又便利了后续作业。

"我们队里多数都是上海人，对北京普通话都听不太明白，不过我们还是学会了一句口头语——玩儿命干！"徐金弟说，当时他们一表态就说"玩儿命干"。大家每天同吃、同睡、同劳动。天一亮就开始干活，天黑之后才歇工，吃饭、总结时间就当成了休息。

1月的工地上，风吹到脸上就像刀割。"我们身上甚至连工具袋都没有，所有工具全都揣在衣服和裤子兜里，实在放不下的就只能用手拿。当时冷到什么地步？光着手拿钉子，手都和钉子粘到一起。虽然工具简单，但凭着一股子对党和国家的热爱和信念，我们攻下一个又一个难关！"徐金弟说。

经过队员们的共同努力，他们以181个工日完成了原计划478个工日的支模任务。直到今天，这仍被很多人称作奇迹。原本对青年突击队有偏见的老师傅信服了，竖起了大拇指："小伙儿们还真能干！"

在胡耀林木工青年突击队的启发下，北京建工集团又在工地上相继建立了瓦工、抹灰工、电气工、水暖工、混凝土工等多支青年突击队。这些青年突击队在生产中发挥了积极带头的作用，都以出色的表现超额完成了任务，赢得了社会广泛的支持和赞扬。

20世纪90年代初，北京建工青年突击队打破了青年突击队"出大力、流大汗、人拉肩扛"的传统定位，率先成立了全国第一支管理型青年突击队。迈入21世纪，伴随着企业改革创新、转型升级的进程，在地铁建设等新兴领域涌现出一批科技攻关型青年突击队，成为引领创新的青年品牌。

时代在变，但青年突击队"艰苦创业，崇尚实干，善于学习，锐意创新，拼搏奉献，争创一流"的精神始终不变！北京建工集团党委书记、董事长樊军感慨地说，正是这种精神，彰显着伟大的民族精神、崇高的爱国主义情怀，是我们弘扬社会主义核心价值观、不断砥砺前行的强大精神动力！

秉承这种精神，青年突击队这面旗帜已经走出北京建工集团并跨出行业，遍布全国，在各条工作战线上高高飘扬。

（贺勇采访整理）

胡耀林木工青年突击队团小组长徐金弟。北京建工集团提供

知 识 链 接

青年突击队继续彰显青春力量

　　青年突击队从建筑行业扩展到制造业、公共服务业等领域。据共青团北京市委统计，截至2019年，全市建筑、制造、公共服务等领域的青年突击队数量已超过3000支，其中有100余支"标杆队伍"和300余支"优秀队伍"发挥着模范带头作用。

后 记

　　本书所辑文本，源起于2019年在《人民日报》假日生活版上连续刊载的"新中国的'第一'·70年"栏目。这是为庆祝新中国成立七十周年所进行的一次特别报道。这组报道一经报纸刊出，便得到了广泛关注。但在刊载中，受报纸版面篇幅所限，很多生动的叙述与情节必须忍痛删节。此次结集出版，在内容上进行了一些补充，多少弥补了这种遗憾。

　　"新中国的'第一'·70年"，从见报到成书，核校修改，数易其稿，倾注了采编者的心血与努力，也离不开各方面的热心帮助。

　　在此，感谢人民日报社领导给予栏目编辑及本书编辑团队的大力支持；感谢总编室历任领导对"新中国的'第一'·70年"栏目及本书一贯的关心与支持；感谢人民日报出版社曹腾、杨校及其团队的精心编排。此外，肖遥、张佳莹等同事也曾参加过栏目的编校工作，在此一并表示感谢。

　　诚然，自始至终，我们秉持铭记时代精益求精的态度，在编撰中倾尽心力推敲打磨，但由于才识与经验的浅陋欠缺，难免有所疏漏，恳请谅解与指正。

编者

2024年7月1日